orin und Journalistin. Sie
lte sie unbedingt Sport-
h schließlich erfüllt und
urosport. Einmal versem-
dem großen Pelé – seit-
esten wie ganz normalen

st und Fußball-Kommen-
gend ist er fasziniert von
chauern, die sich in den
ein einziges großes, lei-
. Außerdem unterrichtet
d berät Unternehmen und

ustratoren auf:

In der *Sneakers*-Reihe bisher erschienen:
Die Sneakers – und das Torgeheimnis
Die Sneakers – und der Supersprinter
Die Sneakers – Verschwörung im Rennstall
Die Sneakers – Einer spielt falsch

Birgit Hasselbusch ist Buchautorin, Moderat
lebt in Hamburg. Schon von klein auf wo
reporterin werden. Ihren Traum hat sie si
arbeitete für Radio Plus Monte Carlo und E
melte sie vor Aufregung ein Interview mit
dem weiß sie, dass man auch Promis am b
Menschen gegenübertritt.

Stefan Grothoff arbeitet als Sportjournali
tator für Hörfunk und TV. Seit seiner Ju
Stadien und den Zehntausenden von Zus
90 Minuten zwischen An- und Abpfiff in
dendes wie jubelndes Wesen verwandel
Stefan Grothoff an Medien-Akademien un
Agenturen.

www.die-sneakers.de

Mehr über unsere Bücher, Autoren und Il
www.planet-verlag.de

Hasselbusch & Grothoff

Die Sneakers

Einer spielt falsch

PLANET!

Den QR-Code scannen und schon öffnet sich
im Display die verlinkte Seite, oder unter
www.thienemann-esslinger.de/wolff-interview
abrufen.

SAVVI™

MARVEL™ HEROES STICKERS

MARVEL™

BLADE

Prolog

Mit einer flinken, geübten Bewegung zog sie Superman den roten Umhang von den Schultern. Zwei weitere Handgriffe – und der hautenge blaue Anzug mit dem gelb-roten „S" glitt zu Boden. Ungerührt ließ sich der Comicheld entkleiden. Was sollte er auch tun? Er war völlig wehrlos. Schließlich war er schon ohne Arme und Beine zur Welt gekommen. Auch von links und rechts war keine Hilfe zu erwarten. Da standen zwar Batman und Catwoman, aber ebenfalls völlig reglos. Niemand protestierte, keiner sprang Superman bei. Es kam, was kommen musste: 95 Sekunden später waren auch der dunkle Ritter und die Katzenfrau ihre berühmten Klamotten los.

„Woll'n Se auch die Masken?!"

Die Verkäuferin im Kostümverleih drehte sich bei dieser

Frage nur halb nach hinten um – zu sehr musste sie aufpassen, nicht das Gleichgewicht zu verlieren, in der Enge zwischen den Schaufensterpuppen.

„Sie hat genickt", informierte eine Kollegin irgendwo hinten im Laden die Abdekorierende über die Reaktion der Kundin. „Und sie nimmt noch drei Gummivisagen mit, Modell Joker. Die hol ich!"

Die Verkäuferin im Schaufenster des Kostümverleihs seufzte. Die Vorstellung, die Puppen gleich wieder komplett neu mit diesen engen Fummeln einkleiden zu müssen, gefiel ihr gar nicht. Sie nahm die Masken und kämpfte sich an den Holzkörpern vorbei zurück in den Laden.

Ihre Kollegin hatte inzwischen drei Masken mit dem grell geschminkten Konterfei von Batmans Erzfeind aus dem Regal gefischt und an die Kasse gelegt, neben die übrigen Kostüme.

„232,20 Euro", sagte die erste Verkäuferin, während sie alle Sachen in eine große Plastiktüte stopfte. „Da sind schon 3% Skonto runter, weil Sie bar bezahlen."

Die Kundin nickte nur, schnappte sich die Tüte und verschwand grußlos und eilig durch die Eingangstür des Kostümverleihs.

„Bitte, gern geschehen!", rief die andere Bedienung etwas schnippisch hinter ihr her. So waren die Leute heutzutage – alle scharf auf Schnäppchen, aber ein simples „Danke und Tschüss!" bekam keiner mehr raus. Einfach schlecht erzogen.

1

Manchmal konnte sie einem gewaltig auf den Zeiger gehen. Vor allem weil an ihrer eigenen Uhr offenbar kein funktionierender Zeiger dran war. Selbst in hunderttausend Jahren noch würde Lena Schaffrath zu spät kommen.

„Kennst sie doch“, meldete sich Horst Humpert auf seinem Fahrersitz. Er mümmelte stoisch an einem Mettwurstbrötchen und rieb seine kühlen Hände aneinander. „Frauen kannste bei so was nicht mehr ändern.“

Luis saß auf dem Rücksitz des Volvos und starrte auf die Eingangstür von Lenas Haus. Die Hände hatte er unter seinen Po geschoben, um nicht so zu frieren. Keine Restwärme mehr da, seit Humpi den Motor ausgestellt hatte. Der Umwelt zuliebe. Vor einer Viertelstunde hätten sie eigentlich schon los gemusst, um pünktlich im Trainingslager der Hippenbacher Handballer anzukommen.

„Humpi, sie ist erst dreizehn! Wäre schlimm, wenn sich da nichts mehr ändert. Aber wahrscheinlich denkt sie, der Nationalspieler Patrick Schaaf hat nichts anderes zu tun, als auf sie zu warten. Die heilige Kinderreporterin. Am letzten Tag des Trainingslagers, eine Woche vor der WM in Frankreich. Klar, ey!"

Luis fuhr sich für seine Verhältnisse ziemlich hoch. Eigentlich hatte er eine Überraschung für Lena dabei. So geladen wie er war, wusste er aber nicht, ob sie die heute noch bekommen würde.

„Genauso wie sie neulich der Meinung war, die Schlange hinter ihr in der Eisdiele hätte alle Zeit der Welt", fuhr er fort, über seine langjährige beste Freundin zu motzen. „Vier Mal hat sie sich umentschieden. Vier Mal! ‚Ach nein, doch nicht Himbeere, lieber Mango. Ach nein, warten Sie, hahahaha!'"

Die Wagentür wurde aufgerissen, und Lena ließ sich gut gelaunt neben Luis auf den Rücksitz plumpsen.

„Na, ihr beiden. Ganz schön kalt hier drin. Humpi, schmeiß doch mal die Heizung an. Dass ihr nicht friert."

Humpi warf Luis einen warnenden Blick durch den Rückspiegel zu. Der Junge beschloss, keinen Streit anzufangen, und seinen Ärger runterzuschlucken. Eine ewige Diskussion konnten sie gar nicht gebrauchen, schließlich waren sie für das Kinder-TV-Magazin *Klaro!* unterwegs.

„Dir scheint ja ganz warm zu sein", bemerkte Humpi mit Blick auf Lenas rot glühendes Gesicht. Das war Luis auch schon aufgefallen. Wie sah sie eigentlich aus? Diese roten Wangen waren doch nicht normal.

„Ich hab ein bisschen Rouge aufgelegt", erklärte Lena und wurde dabei noch farbiger im Gesicht als der Schminktopf, in den sie vermutlich reingefallen war.

„Für diesen Handballer?", wollte Horst Humpert wissen.

„Gut möglich. Geht euch doch nix an!", wehrte Lena ab und versuchte, betont lässig zu wirken. Unnötig.

Humpi hatte längst wieder seine Stulle zwischen die Zähne geschoben; Luis kramte in den Unterlagen, die Lena achtlos neben sich geworfen hatte. Dort waren alle Infos vermerkt über Patrick Schaaf, neuer Star der Handball-Gemeinschaft Hippenbach, äußerst gut aussehende Rückraum-Wurfmaschine, bald auch für die Nationalmannschaft auf Torjagd bei der anstehenden Weltmeisterschaft. Und wer, bitte schön, hatte es wieder mal geschafft, ein Interview mit diesem Mann zu organisieren, hm?!

„Also, der Pressesprecher hat uns zehn Minuten vorm Training gegeben, um Patrick Schaaf zu fragen, ob er überhaupt Zeit und Lust hat für die Homestory mit uns“, fasste Luis zusammen. „Das hätten wir echt den *Klaro!*-Leuten zu verdanken, wenn er das eine Woche vor der WM noch macht.“

Lena zog eine Schnute. Typisch Luis. Er musste mal wieder ihre Rolle kleinreden. Sie, Lena Schaffrath, würde das gleich schon regeln.

Seit ein paar Monaten berichteten Lena und Luis neben der Arbeit für ihre Schulwebsite auch für das Jugend-Fernsehmagazin. Bei *Klaro!* war man auf die beiden Kinderreporter aufmerksam geworden, nachdem diese mehrere Kriminalfälle im Fußball, in der Leichtathletik und in der Formel 1 gelöst hatten. Immer dabei: Kamera, Mikro und zwei glänzende Spürnasen für krumme Geschichten.

„Das Trainingslager startet um elf Uhr, oder? Das ist ja gleich!“, stellte Lena ungerührt fest. „Dann sollten wir uns beeilen. Gib Gummi, Humpi.“

„Schaffrath! Du tickst echt nicht ganz richtig“, meinte Luis, musste sich ein Grinsen aber verkneifen.

Patrick Schaafs Uhr ging glücklicherweise etwas nach. Freundlich empfing er die Kids und setzte sich mit ihnen in eine Ecke der Sporthalle.

„Ihr wollt zu mir nach Hause kommen?“

Lena und Luis nickten eifrig.

„Ja, genau. Dauert höchstens eine Stunde. Haben Sie denn schon eine Wohnung hier in Hippenbach?“

Der Handballer mit dem braunen Lockenschopf nickte. „Ja, meine Freundin und ich haben was richtig Nettes gefunden. Haus mit Garten und so. Kommt doch einfach morgen vorbei. Gegen Mittag vielleicht. Ist das okay?“

„Das wäre super, vielen Dank!“ Lena legte in ihrem Handy-Terminkalender sofort eine Erinnerung an.

„Was würdet ihr denn dann so alles wissen wollen? Das Übliche? Was ich verdiene? Wie meine Freundin heißt? All so was?“

Er zwinkerte vergnügt. Offenbar war dies nicht seine erste Homestory.

„Ja. Aber wir würden auch noch wissen wollen, in welchem Schulfach du früher richtig schlecht warst", gab Lena keck zurück. Schaaf lachte.

„Oha. Dann brauchen wir aber länger als eine Stunde. Kriegt ihr denn von der Schule frei dafür?"

„Klar. Bei uns an der Schule bist du ein Megastar. DER Promi von Hippenbach. Für ein Autogramm sind uns schon Unsummen geboten worden."

Ein Pfiff unterbrach das Gespräch der drei. Der Trainer der Handball-Bundesligamannschaft winkte seinen Rückraumknaller heran.

„Ich muss los!", meinte Schaaf achselzuckend. „Offenbar geht es ab nächster Woche um irgendwas Wichtiges." Er lachte und trabte los.

Lena und Luis mochten Patrick Schaaf. Er sah cool aus und war total locker. Machte nicht so ein Trara um sich.

„Bis übermorgen!", rief der Handballer den beiden noch zu, als sie die Halle verließen. „Und was die Autogramme angeht – kriegen wir schon hin, euer Taschengeld ein bisschen aufzubessern."

Patrick Schaaf schnappte sich einen Handball, prellte los, stieg exakt neun Meter vorm Tor an der Freiwurflinie hoch und zimmerte den Ball direkt unter die Latte in die Maschen.

„Er hat Ja gesagt!“, rief Lena ins Telefon. Nachdem Humpi sie und Luis zu Hause abgeliefert hatte und nebenan in sein Haus marschiert war, hatte sie bei *Klaro!*-TV angerufen und das Go für die Reportage gegeben.

„Prima, dann sind wir sehr gespannt auf den Film. Der soll dann zum Start der WM im Programm laufen. Gut gemacht!“, tönte es aus dem Hörer zurück.

Lena drückte das Gespräch weg und drehte sich zu Luis um.

„Finde ich übrigens auch, dass wir das gut gemanaged haben.“

Luis nickte. „Und echt toll, was du schon alles über Patrick recherchiert hast."

Lena errötete leicht. Das tat gut. Am Tag zuvor hatte sie stundenlang im Internet Infos über den Handballer rausgesucht.

„Ach, war gar nicht so anstrengend!", sagte sie.

„Und dann hast du noch Zeit gehabt, dich hübsch zu machen", meinte Luis lächelnd und zeigte auf ihre Wangen. Lena war sich nicht sicher, ob er sie aufzog.

„Dafür hast du 'ne kleine Belohnung verdient." Erleichtert atmete sie auf. Na klar wusste sie, dass sie vorhin mal wieder zu spät gekommen war und versucht hatte, das mit ein paar kessen Sprüchen zu überspielen. Sie mochte Luis sehr dafür, dass er ihre Macken manchmal einfach so fraß. Und nun kramte er noch etwas aus seiner Hosentasche hervor.

„Was ist das?", fragte sie aufgeregt, weil die Neugier wie üblich stärker war als die Geduld.

„So ein Fitnesstracker. Kennst du die? Die zeichnen jeden einzelnen Schritt von dir auf."

Lena nickte und ließ sich von Luis das schwarze Band ums Handgelenk binden.

„Guck, ich hab auch eins. Damit kann man gesünder und

fitter leben. Wir könnten uns gegenseitig überprüfen und auch motivieren. Kann man hier alles anzeigen und einstellen."

„Krass!", jubelte Lena und begutachtete das schicke Armband. „Abgemacht! Ab jetzt gibt's das L-L-Duell!"

„Deal!", gab Luis zurück. „Ach, eins noch!", sagte er, bevor er in seinem Eingang verschwand. „An dem Armband ist auch 'ne Uhr dran ...!"

2

„Noch diese Straße runter, dann einmal rechts um die Ecke und die nächste wieder links. Müsste passen“, keuchte Lena und bemühte sich, ihr Lauftempo gleichmäßig zu halten. Jetzt bloß keine Seitenstiche. Sie warf einen schnellen Blick nach unten. Abwechselnd setzten ihre nagelneuen Sneakers auf dem nassen Asphalt auf, federten ihre Trägerin dann ein Stück vom Boden weg und nach vorn, ehe die Schuhe jeweils wieder nach hinten aus dem Blickfeld verschwanden. Zum ersten Mal seit ewig langer Zeit hatte Lena zwei identische an, also ein passendes Paar an den Füßen. Joggen war halt nicht Laufsteg – es war harter, brüllernster Sport. Dummerweise passten ihre Thermohose und die dicke Herbstjacke so gar nicht dazu. Darin konnte man sich kaum bewegen, der Schweiß lief einem nur so runter. Sie hasste das.

Lenas nächster Blick wanderte ans rechte Handgelenk. Dort zeigte der Fitnesstracker die aktuell verbrauchten Kilojoule/Kalorien sowie die stetig kleiner werdende Entfernung zum Ziel. Lief sie in diesem Tempo weiter, noch drei Minuten. Lena fluchte leise.

In exakt zwei Minuten musste sie vor der Haustür von Handball-Star Patrick Schaaf stehen, sonst würde Luis wieder den ganzen Tag lang rummeckern, dass sie eh nie, nie, niemals nicht pünktlich sein könne. Und natürlich hätte er recht. Wieder mal war sie zu spät von zu Hause losgegangen; die Kameraausrüstung hatte ihr Freund ohnehin schon allein an der Schule abgeholt und zum Interviewtermin geschleppt.

Lena stoppte abrupt, ging in die Knie und zog die Klettverschlüsse ihrer Sneakers richtig fest. Egal wie viel sie noch schwitzen musste – diesmal würde Lena Schaffrath keinen Ärger bekommen.

Luis war beeindruckt. Auf die Sekunde pünktlich trudelte seine Schulfreundin vor Patrick Schaafs Haustür ein. Mit hochroter Birne natürlich und völlig außer Atem.

„Na, da hätten wir uns das hippe, teure Rouge ja sparen

können, oder?!“, foppte Luis sie umgehend und wartete darauf, dass Lena hochging wie eine Silvesterrakete.

„Stimmt, mein Lieber. Dafür habe ich MEIN Gesundheitsziel für heute schon erreicht. Wie sieht's denn da bei DIR so aus?!“, gab Lena stattdessen prahlerisch zurück und klopfte mit dem Zeigefinger auf ihren Fitnesstracker.

„Hab die Kameraausrüstung geschleppt, ganz alleine! Das sollte locker reichen, um dich abzuhängen“, trompetete Luis. Die beiden verglichen die Anzeigen der Uhren.

„Uuuuups! Da hat die Zuspätkommerin doch überraschend die Nase vorn ...“, kommentierte Lena die Werte.

Luis musste lachen. Das erstaunte ihn. Vor Kurzem noch hätte er sich wirklich geärgert und Lena danach voll einen mitgegeben. Irgendwie aber klang sie bei solchen Wortgefechten nicht mehr so verletzend. Und sie blieb auch viel gelassener als früher. Gefiel ihm ziemlich gut. Luis riskierte einen verstohlenen Blick, als sich Lena das schwere Stativ über die Schulter warf. Süß sah sie aus, so verschwitzt und trotzdem gut gelaunt.

„Wollt ihr da Wurzeln schlagen oder kommt ihr rein?“

Eine fröhliche Stimme von links riss Luis aus seinen Gedanken. Patrick Schaaf wartete im Hauseingang schon auf seine Gäste. Der Junge grinste und schnappte sich die Kameratasche. Dann schlappte er hinter Lena her, die bereits mit dem Handballer im Flur verschwand.

„Hey, saucoole Schuhe!“, hörte Luis seine Reporterkollegin als Nächstes sagen. Tatsächlich: Schaafs komplett weiße Sneakers zeigten auf der Lasche und an den Seiten einen aufgeprägten Handballer. Den Clou daran bemerkte Luis allerdings erst bei genauerem Hinsehen. Je nachdem, wie das Licht fiel, bewegte sich die Figur und ging dann zu einem Sprungwurf in die Luft. Ein 3D-Effekt!

„Ist das 'ne Sonderanfertigung, oder gibt's die schon irgendwo zu kaufen?!“ Lena hatte umgehend ihre Shopping-Queen-Stimme eingeschaltet. Patrick Schaaf lachte.

„Nee, die sind erst mal nur für die Nationalspieler. Jeder hat ein Bild, das zu seiner Position passt. Der Torwart macht 'ne

Parade, der Kreisläufer wird gefoult und so weiter. Krass, oder?!"

Lena und Luis nickten ehrfürchtig. Beiden war absolut klar, dass sie diese Megadinger haben mussten. Mindestens ein Paar. Jeder. Waren garantiert irre teuer; der Weihnachtswunschzettel könnte also extrem kurz ausfallen.

In den nächsten anderthalb Stunden durften die beiden Reporter das gemütliche Heim von Patrick Schaaf tatsächlich ausgiebig kennenlernen. Los ging die Tour im Keller: Auf zwei großen Regalen stapelten sich dort Einmachgläser mit verführerischstem Inhalt, wie Marmeladenexpertin Lena sofort sah. Alle Gläser waren ordentlich mit handbeschriebenen Etiketten beklebt, die verrieten, was in den Gläsern schlummerte.

„Erdbeer-Pfirsich, Kokos-Quitte, Apfel-Birne-Lychee, Physalis-Pflaume-Zimt ...", flüsterte Lena ehrfürchtig, als Luis die Konfitüren mit der Kamera abschwenkte. „Und hier: Förster Franz ... mit wilden Beeren, Akazienblüten und echtem Waldmeister!!! Wow! Hat deine Freundin Angie die alle selbst gemacht?!"

„Nee, die isst sie nur. Am Herd stehen, Früchte einkochen

und dabei skurrile Kombinationen ausprobieren – das ist mein Ausgleichssport nach 'nem harten Trainingstag oder 'nem verlorenen Spiel", lächelte Patrick Schaaf.

Lena und Luis schauten ungläubig, als der Handballer dann schilderte, wie er in seiner Freizeit sogar die Bauern und Wochenmärkte der Umgebung abklapperte, um das beste Obst für sein Hobby zu ergattern. Was für 'n schräger Typ!

Das Wohnzimmer war groß und gemütlich eingerichtet mit einer Essecke, einer riesigen Sofalandschaft, einer immensen Bücherwand, einem Mammut-Fernseher (samt brandneuer Spielekonsole natürlich) und fünf geschickt verteilten Stehlampen, die für indirektes warmes Licht sorgten. An den Wänden hingen große Fotos hinter Glas, die Patrick Schaaf selbst auf Reisen geschossen hatte. Alle zeigten das gleiche Bauwerk – Brücken!

„Bin absoluter Fan", kommentierte Patrick kurz darauf die Dreharbeiten, während die drei von einem Foto zum nächsten gingen. „Hier die Brooklyn Bridge in New York. Eine der ältesten Hängebrücken der USA. Verbindet die Stadtteile Brooklyn und Manhattan miteinander. Wird auch die ‚Sehnsuchtsbrücke' genannt. Für die europäischen Auswanderer, die im 19. Jahrhundert per Schiff in den Vereinigten

Staaten ankamen, war sie DAS Symbol für den Traum von einem besseren Leben, noch mehr als die Freiheitsstatue."

„Die hier kenn ich, da waren wir schon im Urlaub!" Aufgeregt deutete Lena auf eine rote Hängebrücke, die sich über eine Meerenge spannte. Patrick Schaaf nickte.

„Die Golden Gate in San Francisco. Erbaut von 1933 bis 1937. Ein Sicherheitsnetz unter der Brücke fing damals abstürzende Bauarbeiter auf. Neunzehn Mann wurde so das Leben gerettet, sie wurden bekannt als Half-Way-to-Hell-Club."

„Und eine halbe Million Liter Rostschutzfarbe ist da drauf!", meldete sich Lena zu Wort. Luis verdrehte innerlich die Augen. Frollein Schlauschlau musste jetzt natürlich zeigen, dass sie auch was wusste. „Vier Jahre dauert ein kompletter Anstrich; dann fangen die Maler wieder von vorn an, weil die älteste Farbschicht schon wieder bröckelt!"

Und weiter ging's: die Sidney Harbour Bridge in Australien, durch deren Stahlkonstruktion man sogar hochklettern kann, bis ganz nach oben zu den Spitzen der Brückenbögen. Die Tower Bridge in Englands Hauptstadt London, die sich auf- und zuklappen lässt, damit Schiffe unten durch passen. Das Viadukt von Millau in Südfrankreich, auf dem die Autofahrer in 271 Metern Höhe meist wie ein Flugzeug über der Wolkendecke schweben – zu jeder Brücke wusste der Handballer eine tolle Geschichte zu erzählen.

„So, als Nächstes könnten wir auf den Dachboden klettern und ein paar Trophäen anschauen, falls ihr das braucht."

Lena und Luis sahen sich kurz an, dann nickten beide. Dieses Portrait würde der Knaller, kein Zweifel.

„Du hast schon so viel gewonnen, so viele Titel und Erfolge gefeiert – ist dir da eigentlich noch nie langweilig geworden?" Ungläubig starrte Lena auf den Wald aus Pokalen, Meisterschalen und Medaillen, die sich angesammelt hatten.

„Nee, langweilig wirklich nicht. Dafür sind diese Momente, dieses Triumphgefühl, dieser Jubel mit den Fans in der Halle zu gut. Aber irgendwann meldet sich der Körper halt unweigerlich. Alle zwei bis drei Tage ein knallhartes Punktspiel, da ist der Verschleiß extrem. Erst sind's nur kleinere Blessuren, Wehwehchen, die der Physiotherapeut mit Massagen und Salben oder so behandelt. Später wird's dann ernster – da entscheidest du gemeinsam mit Trainer und Mannschaftsarzt, ob du dich bei schwereren Verletzungen einfach fitspritzen lässt."

„Fitspritzen? Das ist doch 'ne geschönte Formulierung. Es gibt doch keine Medikamente, die so schnell heilen, oder?" Lena sah den Handballer fragend an. Patrick Schaaf nickte.

„Da hast du recht. Im Grunde heißt Fitspritzen nur, dass die Schmerzen für die Dauer einer Partie betäubt werden. Damit du spielen und die Mannschaft unterstützen kannst. Oft verschlimmert sich die Verletzung dadurch aber, weil du noch mehr belastest, anstatt zu schonen", erklärte der Sportler.

„Und was wäre deiner Ansicht nach ein Ausweg aus diesem Teufelskreis?" Lena war jetzt in Form. Sie witterte instinktiv, dass die Homestory hier neben viel Unterhaltung auch einen spannenden Aspekt des Profisports beleuchten konnte. Luis war einmal mehr verblüfft, wie locker und leicht das bei seiner Schulfreundin alles wirkte.

„Weniger Spiele. Oder ein größerer Kader, also mehr Spieler, damit die Trainer mehr wechseln können und alle dadurch mehr Pausen bekommen", antwortete Patrick Schaaf, und seine Stimme klang plötzlich ziemlich leise und müde. „Wir haben jedes Jahr die Bundesliga, den deutschen Pokal und europäische Wettbewerbe, dazu dann noch entweder WM oder EM. Das sind viel mehr Spiele als im Fußball. Und die Fouls in unserem Sport sind auch um einiges härter, brutaler. Das zehrt."

Stille machte sich auf dem Dachboden breit. Lena ließ Luis die nötige Zeit, um die berührende Szene mit dem gedankenverlorenen Handball-Star auch einzufangen. Beide hatten erheblich dazugelernt, seit sie für *Klaro!* arbeiteten. Nach einer Weile hob Luis hinter der Kamera fast unmerklich den Daumen. Für Lena das Signal, dass es weitergehen konnte.

„Weniger Spiele oder mehr Spieler – weshalb tut sich denn da nichts?"

Patrick seufzte. „Dafür wird auch bei uns inzwischen zu viel Geld damit verdient. Weniger Spiele heißt geringere Einnahmen; mehr Spieler kosten auch mehr. Ein Teufelskreis, wie du schon gesagt hast."

Er straffte sich und schien diese Gedanken jetzt abschütteln zu wollen.

„Ich brauche 'ne Portion frische Luft. Zeit für einen Ausflug ins Grüne."

Mit drei dampfenden Tassen Kakao, perfekt zubereitet von Patricks supersympathischer Freundin Angie, machten es sich die Sneakers und der Handballer wenig später im Garten des Hauses gemütlich. Die untergehende Sonne an diesem kalten klaren Januartag zauberte ein tolles Licht; Luis beschloss, Patrick Schaaf für das abschließende Interview in ein rot-weiß lackiertes Handballtor zu stellen, das am Ende des Grundstücks vor einer Hecke aufgebaut war.

„Hoffentlich sind die vorbeifahrenden Autos auf der Straße hinter der Hecke nicht zu laut", gab Lena zu bedenken.

„Dafür hast du ja mich, dass das nachher vernünftig klingt", antwortete Luis, musste aber grinsen. Seit einer Weile versuchte seine Schulfreundin sehr ernsthaft, mehr Interesse für die technischen Seiten ihrer Arbeit zu zeigen. Im Gegenzug war Luis dazu übergegangen, noch mehr von Lenas schrägen Ideen in Bilder zu verwandeln. Beides tat den Reportagen sichtlich gut.

„Patrick, die Liga hat Pause, jetzt steht die Handball-Weltmeisterschaft an. Wie wichtig ist dieses Turnier für dich persönlich, und welche Ziele verfolgst du bei der

WM?", hörte Luis sie fragen. Lena hatte sich dicht neben die Kamera gestellt, damit der am Torpfosten lehnende Handballer auf Augenhöhe antworten konnte.

Patrick Schaaf öffnete den Mund, um etwas zu sagen – aber dazu kam es nicht mehr. Denn genau in diesem Moment brach im Garten die Hölle los.

Links und rechts vom Handballtor schien die Hecke zu explodieren. Durch die sich biegenden, brechenden Zweige platzten zwei Gestalten in den Garten. Batman und Superman. Völlig verdattert starrten Lena und Luis auf die beiden Comichelden. Batman drückte dem ebenfalls verblüfften Handballer ein weißes Tuch auf Mund und Nase. Sekunden später sackte Patrick Schaaf bewusstlos zu Boden. Superman schlang umständlich ein starkes Hanfseil um Schaafs Oberkörper und schleifte den ohnmächtigen Handballer mühsam durch eins der großen Löcher in der Hecke auf die Straße. Dort wartete ein dunkler Lieferwagen ohne Aufschrift. Batman riss die Schiebetür an der Seite auf, er und Superman hievten ächzend den Handballer auf eine Matratze im Wageninneren. Die Comichelden kletterten hinterher und warfen die Tür von innen zu. Mit aufheulendem Motor und quietschenden Reifen schoss der Lieferwagen los. Bevor er in höchstem Tempo um die Kurve bog und verschwand, konnte Lena noch einen Blick in die Fahrerkabine werfen. Am Steuer saß zweifellos Catwoman.

3

Starr vor Schreck standen Lena und Luis im Garten. Erst das Knacken eines Zweiges in der winterlichen Stille riss die beiden aus ihrer Lähmung.

„Handball-Star Patrick Schaaf wurde gerade gekidnappt. Von drei Comicfiguren“, hörte Lena sich selbst tonlos sagen.

„Das ist jetzt 'n Witz, oder was?!“ Luis tauchte hinter seiner Kamera auf.

„Weiß nicht. Sah ziemlich ernst aus, als er da bewusstlos zusammensackte“, grübelte Lena.

Die Terrassentür am Haus öffnete sich, und Angie erschien im Türrahmen. „Wollt ihr noch 'nen Kakao? Wo ist denn Patrick? Ich geh schnell was Einkaufen, ihr esst doch noch mit uns, oder?“

„Klar, sicher, gerne!“

Luis sah Lena entsetzt an. Das hatte sie jetzt nicht wirklich geantwortet! Wollte sie Patricks Freundin etwa einfach losschicken?! Ohne die kleinste Information darüber, was hier vor wenigen Minuten passiert war?!

Lena hob den Zeigefinger an den Mund und sah Luis warnend an. Der schwieg. Weshalb, wusste er in diesem Moment selbst nicht genau. Ein Wahnsinn, das alles!

„Prima, dann bis gleich!" Die Terrassentür schloss sich wieder. Kurz darauf hörte man Patricks Freundin mit dem Auto wegfahren.

„Wir müssen zuerst zu Humpi! Nur der weiß, was jetzt das Richtige ist!" Lena zog Luis am Ärmel und wollte losrennen. Aber Luis packte ihre Hand und stoppte sie.

„Lena, irgendwann kommt Patricks Freundin zurück – und dann wären wir ALLE spurlos verschwunden! Wir rufen Humpi an. Er soll herkommen, dann kann er sich das hier angucken und danach entscheiden, wie's weitergeht."

Lena nickte. Natürlich hatte Luis recht. Er war in diesen Dingen einfach cooler und durchdachter als sie. Obwohl sie diesmal schon ein bisschen stolz war: Ihre Idee, Patricks Freundin erst mal wegfahren zu lassen, um hier Ruhe zu haben, die war gut!

Lena setzte sich auf eine weiße Holzbank, zückte ihr Handy und wählte die Nummer von Horst Humpert. Der pensionierte Kriminalkommissar war der beste Freund der beiden. Humpi war immer für sie da, wenn's heikel wurde. Ohne seinen Rat, seine Unterstützung hätten Lena und Luis ihre anderen Abenteuer rund um Wettbetrug, Doping und Sabotage kaum so unbeschadet überstanden. Und das Beste: Obwohl Humpi schon Rentner war, benahm er sich Lena und Luis gegenüber nie wie ein besserwisserischer Erwachsener. Sondern wie einer, auf den man eben hörte, weil er einem zuhörte.

In wenigen klaren Worten erklärte Lena dem Exkommissar, was sich in Patrick Schaafs Garten eben abgespielt hatte.

„Bleibt ruhig. Fasst nichts an. Ich bin in fünf Minuten da. Und zu keinem sonst ein Sterbenswörtchen!"

Ohne eine Antwort abzuwarten, hatte Humpi aufgelegt. Lena seufzte und stopfte ihr Handy zurück in die Hosentasche. Hoffentlich war das alles bloß ein ganz missratener Scherz.

„Die Zweige wurden angesägt. Deshalb kamen die so leicht durch die Hecke." Fachmännisch begutachtete Horst Humpert den „Tatort", wie er Patrick Schaafs Garten nannte. Weil es inzwischen ziemlich dunkel geworden war, hatte der Exkommissar eine riesengroße Stabtaschenlampe mitgebracht. Mit deren Hilfe inspizierte er nun sorgfältig die Spuren, die die Entführer hinterlassen hatten.

Mit dem Ding könnte man locker ein ganzes Stadion ausleuchten, dachte Luis – behielt diese Erkenntnis aber für sich. Bei der „Spurensicherung" ließ sich Humpi ungern stören. Schon gar nicht durch dumme Bemerkungen. „Unpassend, weil nicht zielführend", fand er das.

Direkt nach seinem Eintreffen hatte sich Horst Humpert noch mal Stück für Stück von Lena und Luis schildern lassen, wie die Entführung ihrer Erinnerung nach über die Bühne gegangen war. Dann waren sie alle gemeinsam die Filmaufnahmen durchgegangen. Die Kamera war ja wegen des Interviews gelaufen und hatte alles aufgezeichnet. Jetzt setzte sich Humpert auf die weiße Holzbank, stützte den Kopf in die Hände und begann, laut zu denken.

„Also – ein bisschen nervös wirkten die schon, oder? Guckt mal, wie die da stolpern. Aber die Hecke ist angesägt, die müssen auf jeden Fall vorher schon mal hier gewesen sein. Vielleicht hat sie dabei jemand beobachtet. Nachbarn oder so. Und heute haben die vermutlich den ganzen Tag lang auf der Straße im Lieferwagen gelauert. Darauf, dass Schaaf in den Garten geht. Oder ..."

Humpert unterbrach seinen Redefluss und versank in Gedanken.

Nach zehn Sekunden sah Luis verstohlen zu Lena rüber. Die drohte natürlich schon längst wieder zu platzen.

„Was ODER?! Humpi, komm schon, spann uns nicht so auf die Folter!"

Der Exkommissar kniff die Augen zusammen. „Oder die Kidnapper wussten, dass ihr zwei heute hier dreht und auch im Garten Aufnahmen macht. Wem habt ihr vorher was davon erzählt?!"

Lena und Luis erschraken. Aber bevor sie sich genauer mit Humpis Frage befassen konnten, begann das Smartphone von Luis zu vibrieren.

Drrrrrrt.

Luis schaute auf das Display. In der Mitteilungsleiste oben war ein kleiner Geist erschienen. Eine Snapchat-Anfrage. Von Batman.

Unschlüssig sah Luis zu Lena rüber. Die merkte sofort, dass was los war. „Was ist?!"

Der Junge winkte sie zu sich heran und zeigte ihr die Anfrage. Beide blickten einen Moment lang auf den Bildschirm. Dann sagte Lena forsch: „Ich würde sagen, wir nehmen einfach mal an!"

Entschlossen drückte sie den „adden"-Button. Gespannt warteten die Kinder, was als Nächstes passieren würde. Keine dreißig Sekunden später vibrierte das Smartphone erneut. Batman hatte ein Video geschickt.

Luis öffnete es. Zu sehen war Handballstar Patrick Schaaf. Er saß auf dem Boden des Lieferwagens, der offensichtlich noch unterwegs war. Seine Fußgelenke waren mit einem Seil zusammengebunden, die Hände verschwanden hinter dem Rücken, vermutlich auch gefesselt.

„Hallo ihr zwei. Mir geht's gut, ich lebe. Meine Entführer werden mir nichts tun. Auf keinen Fall die Polizei einschalten! Alles läuft über euch und hierüber. Ich melde mich wieder", hörten Lena und Luis den Handballer sagen. Dann war das Video weg. Hektisch tippte Lena auf den Wiederholungsknopf. Das Video lief erneut ab. „NICHT! Lena! Jetzt hat die Polizei keine Chance mehr, die Nachricht auch zu sehen!"

Lena schaute überrascht auf. Neben ihr stand Horst Humpert und schnaubte vor Wut. Unbemerkt von den beiden hatte sich der Exkommissar herangepirscht und die Botschaft von Patrick Schaaf mit angesehen. Und natürlich hatte er recht. Woher auch immer der technologisch zumeist arg rückständige Humpi das wusste.

„Ich bin vielleicht alt. Und ganz eventuell auch nicht immer mit dem allerneuesten Krempel vertraut. Aber wenn ihr zwei täglich mit etwas rumhantiert, dann kannst du sicher sein, dass ich genauestens darüber Bescheid weiß. Egal wie kompliziert oder unlogisch ich das finde“, gab Humpert mit eisiger Stimme zu Protokoll.

Jetzt musste Luis grinsen. Erwachsene und Snapchat. Das passte einfach überhaupt nicht zusammen. Kurze Videos oder ein paar Fotos aufnehmen. Höchstens zehn Sekunden lang. Mit allerlei Filtern und Gimmicks verfremden. Dann rumschicken. Und direkt nach zweimal Anschauen wurde alles automatisch und unwiderruflich gelöscht. Für seine Eltern der weit offene Höllenschlund für schlüpfrige Selfies oder Witzbilder, die einem irgendwann mal das Berufsleben versauen würden. Und die Bedienung der App war ja auch wirklich nicht leicht oder selbsterklärend. Genau deshalb liebten die Kids Snapchat. Weil die Erwachsenen eben nicht so einfach mitmachen konnten. Oder wollten.

„Also, dann ab zur Polizei!“ Humpert ging in Richtung Gartenpforte, blieb aber wieder stehen, als er bemerkte, dass Lena und Luis nicht mitkamen. Dann sah er die bedröppelten Mienen der beiden.

„Was denn?! Ihr denkt doch nicht ernsthaft, dass ihr das hier im Alleingang zu einem guten Ende bringen könnt?! Und außerdem müssen wir sowieso noch jemandem reinen Wein einschenken“, schloss Humpert seine Standpauke an die Kinder. Er deutete auf Angie, die freudestrahlend in der Terrassentür stand: „Abendessen ist fertig!“

4

Luis Worzyk hockte im Schneidersitz auf der bequemen Sofalandschaft im Wohnzimmer seiner Eltern und starrte auf sein Smartphone. In der Mitte des Homescreens leuchtete gelb und unübersehbar die Snapchat-App. Das Problem: Nichts rührte sich. Luis seufzte. Dann kontrollierte er zum x-ten Mal, ob er WLAN hatte und das Handy auch sonst ordnungsgemäß funktionierte.

„Möchten Sie vielleicht einen Tee?"

Luis blickte interessiert vom Smartphone hoch. Klaro, seine Mutter achtete schon extrem auf gute Manieren – aber dass sie ihren Sohn von jetzt auf gleich derart respektvoll ansprach, erschien ihm ungefähr so wahrscheinlich, wie ... wie ...

„... Lena Schaffrath, die mal pünktlich zu einer Verabredung erscheint", murmelte Luis halblaut vor sich hin und musste grinsen.

„Ach jo, da sag ich nicht Nein, sehr freundlich, vielen Dank", antwortete eine jüngere Stimme aus dem Ledersessel, der auf der anderen Seite des Tisches stand. Der junge Polizist aus der IT-Abteilung des Landeskriminalamtes lächelte Frau Worzyk an.

„Coole Idee. Könnte ich auch einen bekommen, bitte?!"

Lena ließ Luis' Handy dabei keine Sekunde aus den Augen. Frau Worzyk seufzte, lächelte dem jungen Polizisten zu und wandte sich dann an Horst Humpert, der wie Lena in einem Sitzsack Platz genommen hatte. Bei Humpi sah es allerdings so aus, als würde ihn das riesige Stoffteil gleich komplett verschlingen.

„Herr Humpert, Sie bleiben bei Kaffee, nehme ich an?"

Humpi nickte nur, während er verzweifelt versuchte, in dem Sitzsack nicht wie der allerletzte Vollhorst auszusehen.

Luis wollte gerade einen heißen Kakao bei seiner Mutter bestellen, aber dazu kam er nicht mehr. Denn just in diesem Moment machte sein Smartphone „Drrrrrt, Drrrrrt", und die Snapchat-App öffnete sich.

„Luis! Das ist er! Das ist Patrick!"

Lena schwang sich zu Luis aufs Sofa. Der hatte sich inzwischen so in Positur gesetzt, dass die hinter dem Sofa aufgebaute Videokamera der Polizei das Smartphone in seiner Hand voll im Bild hatte. Klar hatte man auch darüber diskutiert, in Luis' Handy eine Recorder-Software einzusetzen, um das Video aufzunehmen. Dabei bestand allerdings die Gefahr, dass der Absender es mitbekommen könnte. Deswegen hatte sich die Polizei dagegen entschieden, um die Geisel nicht zu gefährden.

„Kann losgehen!" Beim ersten Vibrieren war der junge Kriminalbeamte aufgesprungen und hatte den Sucher der Videokamera scharf gestellt. Jetzt hob er den Daumen als Zeichen für Luis, das Video zu starten.

Luis drückte den Botton. Als Patrick Schaaf wieder auf dem kleinen Bildschirm des Telefons erschien, hielt der Junge unwillkürlich den Atem an.

„Hi Leute! Ich bin in Ordnung. Meine Kidnapper ..."

Der Rest des Videos ging völlig unter. Denn der junge Kripobeamte an der Kamera fluchte plötzlich leise.

Dann riss er Videokamera und Stativ ruckartig um und ließ sich samt Ausrüstung hinter das Sofa fallen.

Als das Video verstummt war, berappelte sich Horst Humpert in seinem Sitzsack als Erster.

„Was war D-A-S den …?!"

Humpi klang mindestens so interessiert an einer Antwort, wie er zweifellos bereit war, den jungen Kollegen sofort in die nächste Klapsmühle einzuweisen. Doch statt einer Erklärung bekam Humpert einen intensiven warnenden Blick von Luis zugeworfen. Der Exkommissar wusste nicht weshalb – aber er schwieg lieber.

Eine gefühlte Lena-Ewigkeit später sagte Luis zu dem Kripotechniker hinter dem Sofa: „Alles cool. Die sind weg."

Der junge IT-Mann tauchte aus der Versenkung auf. Luis wandte sich wieder seinem Smartphone zu.

„Die sind richtig gut. Haben meine Frontkamera gehackt und aktiviert. So konnten sie uns eben sehen und checken, wer sich das Entführervideo alles anguckt. Und das, Humpi, hat dein junger Kollege hier ruckzuck gepeilt und sich dünne gemacht."

Bedächtig tippte Luis auf die kleine Linse oben an seinem Handy. Bis vor wenigen Sekunden hatte direkt daneben eine kleine Leuchtdiode geblinkt. Schwer zu sagen, was Patrick Schaafs Entführer wirklich gesehen hatten.

„Wird bei der Wiederholung auch nicht anders laufen“, sagte der Kriminaltechniker frustriert. „Abfilmen können wir also knicken. Höchstens getarnt von ganz weit weg – und dann ist die Qualität zu mies. Sinnlos. Das war's“, sagte er und verstaute seine Ausrüstung.

„Du kannst das Video jetzt gleich noch mal ablaufen lassen. Ich nehme nur den Ton auf, dann können wir wenigstens eine Stimmenanalyse machen.“

Kurz darauf sprach Patrick Schaaf wieder.

„Hi Leute! Ich bin in Ordnung. Meine Kidnapper behandeln mich gut. Sie fordern nichts. Weshalb ich hier festgehalten werde, weiß ich also nicht. Dicker Kuss für Angie – mach dir keine Sorgen, Süße, ich l...!“

Dann brach die Nachricht ab, zehn Sekunden waren halt ziemlich kurz. Lena und Luis hatten vor dem Bildschirm des Telefons gehockt und natürlich sofort die erneut blinkende Leuchtdiode neben der Frontkamera bemerkt. Humpert und der junge Kripotechniker verfolgten das Video über eine raffinierte Spiegelkonstruktion, die der IT-Mann zuvor aufgebaut hatte, während Luis sich das Hirn darüber zermarterte, wie man mehr als nur zwei Mal an die Videos rankommen könnte.

„Wir melden uns morgen bei euch“, sagte er schließlich beim Abschied. Und irgendwie klang es leicht unheilvoll.

Tags darauf saßen Lena, Luis und Humpert im Hippenbacher Polizeipräsidium. In einem kargen, fensterlosen Raum mit nichts als vier Stühlen und einem Tisch. Und Überwachung, wie Luis sofort gecheckt hatte, als sie dort Platz nahmen. In einer Ecke an der Decke hing ziemlich unauffällig eine kleine Videokamera, die fortwährend blinkte. So also sah ein Vernehmungszimmer bei der Polizei aus.

Die Tür öffnete sich, herein kam ein älterer Mann in Zivil mit einem Stapel Akten unterm Arm. Er legte den Papierhaufen bedächtig auf den Tisch, schnappte sich den letzten freien Stuhl und setzte sich den dreien gegenüber.

„Wirklich rätselhaft, das Verschwinden dieses Handballers“, sagte er dann mit einer dünnen, fast tonlosen Stimme. Dabei sah er die Kinder eindringlich an. Lena und Luis fühlten sich sofort schwer unbehaglich. Der Typ hatte wässrige blassblaue Augen, die völlig kalt und emotionslos starrten.

Wie ein toter Fisch, dachte Lena. Aber diese Einschätzung behielt sie natürlich lieber für sich. Sie war heilfroh, dass Humpi mit am Start war.

Exkommissar Humpert hockte regungslos auf seinem Stuhl und wartete ab. Dabei ließ er den Akten-Mann nicht aus den Augen. So einem Vernehmungsspezialisten begegnete man am besten mit gleichen Waffen.

Natürlich tappte die Polizei noch komplett im Dunklen. Weder wusste sie, wer die Entführer waren, noch wo Patrick Schaaf aktuell steckte. Lena und Luis hatten Schaafs Entführung live miterlebt und spielten nun eine Schlüsselrolle beim Kontakt zu den Kidnappern; damit waren sie für die Polizei mindestens mal wichtige Augenzeugen, wenn nicht sogar mögliche Komplizen der Täter.

„Schon merkwürdig, dass sich die Entführer oder Schaaf an euch zwei wenden, statt an – na, sagen wir mal – Schaafs Freundin Angie“, sagte der tonlose Mann mit den Wasseraugen jetzt zu Lena und Luis und starrte dabei wieder eindringlich.

Die Kinder fühlten sich ausgeliefert und hilflos. Genau in diesem Moment rückte Humpert geräuschvoll seinen Stuhl zurecht.

„Applaus, Herr Kollege, ganz fein nach Lehrbuch. Können wir natürlich so machen. Dann rufe ich gleich einen Rechtsanwalt an. Der holt die beiden Kinder hier ruckzuck wieder raus. Ohne Erkenntnisse für die Polizei. Oder wir unterhalten uns tatsächlich mal vernünftig, ohne Drohkulisse und Verdächtigungen."

Freundlich lächelnd ließ sich Humpert in seinen Stuhl zurückfallen. Dann zog er sein Handy aus der Jackentasche und legte es demonstrativ neben sich auf den Tisch.

Wasserauge schien Humpert mit seinem Blick durchbohren zu wollen. Dann gab er nach.

„Woher haben die Entführer ausgerechnet die Nummer

von Luis? Er hatte vor diesem Interviewtermin nie auch nur das Geringste mit Patrick Schaaf zu tun", sagte er ruhig.

Humpert entspannte sich innerlich. Offenbar war sein Gegenüber zur Zusammenarbeit bereit. Der Exkommissar wandte sich an die Kinder. „Guter Punkt. Habt ihr 'ne Idee?!"

Lena und Luis grübelten fieberhaft. Auch ihnen war dazu noch nichts Schlaues eingefallen. Plötzlich klatschte sich Lena mit der flachen Hand an die Stirn.

„Klaro! Die Website!"

Alle im Raum sahen das Mädchen verständnislos an.

„Die Internetseite vom TV-Magazin, von *Klaro!*. Da stehen unsere Handynummern drauf. Und unsere Snapchat-Namen auch! Damit uns andere Kinder direkt erreichen, wenn sie mal einen Vorschlag haben. Und der Besuch bei Patrick Schaaf war da auch tagelang vorher angekündigt!"

Humpert und das Wasserauge runzelten die Stirn. Das war ungewöhnlich – aber natürlich waren die Entführer zweifellos dort gelandet, wenn sie Leben, Alltag und Termine von Patrick Schaaf vorher ausgekundschaftet hatten.

„Und die Kidnapper konnten bei mir auch am ehesten davon ausgehen, dass ich auf Snapchat zu finden bin", meldete sich Luis zu Wort.

„Die aktivierte Frontkamera beim Abspielen des Snapchat-Videos – muss man dafür nicht an das Handy ran, irgendwas einstellen oder eine Schadsoftware aufspielen?“

Wasserauge hatte offenbar seine Hausaufgaben gemacht. Luis überlegte.

„Schwer zu sagen. Im Grunde genommen schon. Geht vermutlich auch ohne, ist aber wesentlich komplizierter. Aber ich lass mein Handy eigentlich nie aus den Augen.“

„Trotzdem hätte ich dein Telefon gern mal. Wir überprüfen das hier.“

Eindringlich fixierte Wasserauge die beiden Kinder. Irgendwie glaubte er offenbar doch lieber, dass Lena und Luis mit den Kidnappern unter einer Decke steckten. Ohne Widerrede rückte Luis sein Smartphone raus.

„Was ist eigentlich mit dem Snapchat-Account der Entführer? Kann man die nicht darüber enttarnen?“

Humpert beugte sich bei seiner Frage ein Stück nach vorn. Wasserauge schien nicht sicher, ob er mit seiner Antwort zu viel verraten könnte. Dann seufzte er.

„Prepaid-SIM-Karten. Bar bezahlt. In einem Telefonshop ohne Videoüberwachung. Da kommen wir nicht weiter.“ Die Enttäuschung stand ihm deutlich ins Gesicht geschrieben.

Die erste menschliche Regung, dachte Luis.

Noch eine halbe Stunde lang beantworteten die Sneakers Wasserauges Fragenkatalog rund um die Entführung. Weder den Lieferwagen noch die Kostüme hatten die Kinder zuvor schon mal bei irgendjemandem aus ihrem Umfeld gesehen. Und auch der Raum, in dem die Kurzvideos mit Patrick Schaaf aufgenommen wurden, zeigte nichts Auffälliges oder Bekanntes.

Nach gut eineinhalb Stunden verabschiedete der Befragungsspezialist seine Gäste. „Das Mobiltelefon könnt ihr morgen um diese Zeit wieder abholen. Und nicht verreisen oder so etwas. Falls wir noch mehr Fragen haben“, schloss er und schenkte den Kindern einen letzten Blick aus seinen eiskalten Augen. Dann standen Lena, Luis und Humpi etwas verloren draußen vorm Präsidium. Leichter Nieselregen hatte eingesetzt; ein kühler Wind wehte ums Gebäude.

Lena fröstelte. Sie wollte den Reißverschluss ihrer Thermojacke ganz nach oben ziehen, aber das Teil klemmte auf halbem Wege. Und dann geschah es, einfach so: Die Frohnatur Frollein Schaffrath brach plötzlich und für alle unerwartet in Tränen aus.

Die Entführung, die harten Fragen des Polizisten, die Sorge um Patrick Schaaf, ihr ständiger Kampf gegen die eigene Unpünktlichkeit – es war einfach alles zu viel.

So sehr war Lena nach Heulen zumute, dass sie erst spät bemerkte, wie sie jemand ganz behutsam von hinten in beide Arme nahm und fest an sich drückte. Mit verschwommenem Blick konnte Lena einen Fitnesstracker am Handgelenk ihres Trösters erkennen. Normalerweise fand der Flennen megablöd.

„Also, ich könnte jetzt ein paar schöne frische Pfannkuchen vertragen", flüsterte Luis ihr ins Ohr. „Hilfst du mir, Humpi rumzukriegen!?"

5

Was trieb sie eigentlich die ganze Zeit, anstatt zu schlafen?, fragte sich Luis zwei Tage später. Er vermutete, dass Lena die Nacht zum Tage machte und von Handballern träumte. Irgend so was. Das mit ihrem Schlafmangel hatte ihm das neue „Big Luis ist Watching you"-Armband verraten. Fräulein Schaffrath bewegte sich kaum noch, das belegten die Zahlen auf dem Fitnesstracker. Und morgens war sie so verpennt, dass man meinen könnte, sie würde abends statt Schäfchen Schaafe zählen. Jede Menge Patricks.

„Hey, Schlaffi, was ist los mit dir?", wollte Luis auf dem Weg zur Schule von seiner Freundin und Kollegin wissen. Vielleicht machte sie sich, genau wie er, einfach nur Gedanken darüber, wie es weiterging im Fall Schaaf. Immerhin war der Kurzurlaub für die Handballer vorbei, die WM stand vor der Tür. Bald würden alle bemerken, dass der Rückraum-Star fehlte. Vor allem die Journalisten würden rumwühlen.

„Wie meinst du das?", ging Lena in Abwehrhaltung. „Was soll denn schon sein?"

„Na ja, wir wollten uns doch challengen", gab Luis zurück und deutete auf das Armband. „Du machst momentan aber weniger als meine gehbehinderte Großtante. Woran liegt's?"

„Keine Ahnung!" Lena war grummelig.

„Du musst mehr schlafen."

„Und du musst weniger Süßigkeiten essen", schoss sie unnötigerweise zurück.

„Ich habe seit einer Woche kein einziges Stück Schokolade angerührt", meinte Luis kopfschüttelnd.

„Egal", fauchte Lena unwirsch. „Trotzdem!"

Manchmal war seine Freundin so logisch wie französische Grammatik, fand Luis. Einfach nicht durchzusteigen.

Klar und deutlich gab sie jetzt zu erkennen, dass jede weitere Diskussion nutzlos war. Luis zuckte mit den Achseln. Würde er eben die Challenge gewinnen. Haushoch. Er hatte in den letzten Tagen extra ein paarmal freiwillig den Müll raus- und die Post zum Briefkasten hingebracht, um sein Schrittekonto nach oben zu peitschen.

„Willste wissen, wie viele Schritte hier schon drauf stehen?“ Luis wagte einen letzten Versuch, um Lenas Ehrgeiz anzustacheln.

„Nö, mir egal. Bestimmt zehn Millionen, oder? Du bist soooo fantastisch, Luis, echt. Weißt du, was mich wirklich nervt an dir ...?!“

Glücklicherweise piepste in diesem Moment Luis’ Handy, sodass er um die Standpauke rumkam. Sofort wechselte Lena von genervtem Schulmädchen auf neugierige Ermittlerin.

„Ist das, ist das ...?“, fragte sie aufgeregt.

„Nun warte doch mal.“

Luis fischte sein Handy aus der Hosentasche hervor. Ob da eine neue Snapchat-Nachricht von Patrick Schaaf kam?

Tatsächlich.

„Schnell, guck mit“, wies er Lena an.

„Natürlich. Denkst du, ich bin bescheu...?“

„Pssst, geht los“, unterbrach er sie. Wie jedes Mal begann die Leuchtdiode der Frontkamera zu blinken. Sie wurden beim Videogucken beobachtet. Die IT-Spezialisten der Polizei hatten tatsächlich einen Bug – also einen Software-Fehler in der Snapchat-App – auf den Telefonen der beiden gefunden, der eine Fernsteuerung der Frontkamera möglich machte. Sie hatten das kleine Programm aber draufgelassen, damit die Kidnapper nicht misstrauisch wurden. Lena und Luis waren also auf sich allein gestellt.

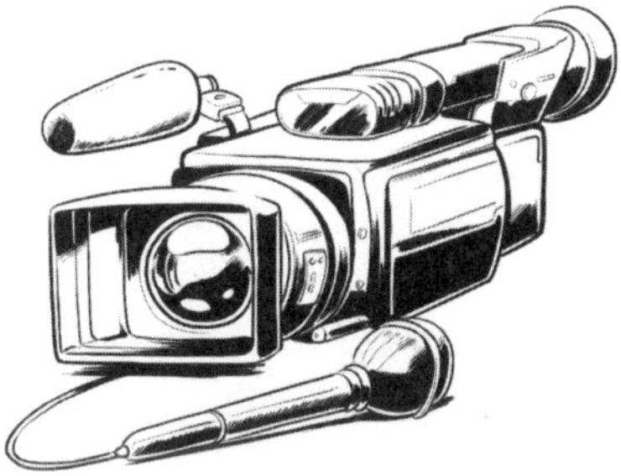

Auf dem Bildschirm erschien Patrick Schaaf, der diesmal auf dem Sofa saß. Ungefesselt. Er sah nicht unbedingt verängstigt aus.

„Hey Leute. Die Entführer wollen, dass der DHB noch heute 'ne Pressekonferenz gibt. Mit einer erfundenen Geschichte: dass ich in einer geheimen Klinik liege, plötzliches Burn-out. Wie lange, unklar. Die Entführer wissen, dass ihr den Pressemann kennt. Weiterhin keine Polizei ..."

Lena und Luis saßen angespannt da. Das Adrenalin schoss ihnen bis in die Haarspitzen, pushte sie total auf. Ein Burnout!? Psychische und körperliche Erschöpfung also.

„Und jetzt nichts wie ab zu Humpi", befahl Lena und drehte sich auf dem Absatz um. Horst Humpert, so hatte es die Polizei bestimmt, war der Verbindungsmann zwischen Kindern und Ermittlern. Er hielt den Kontakt zur SOKO „Entlaufenes Schaf".

„Und die Schule?!“, merkte Luis an. In derselben Sekunde ärgerte er sich aber schon darüber. Die Sache hier hatte ganz klar Vorrang vor Mathe, Geschichte und Deutsch.

Die Polizei hatte eine Absprache mit der Direktorin vom Gymnasium Hippenbach getroffen. Solange die Entführung lief, durften Lena und Luis jederzeit fehlen.

„Humpi, mach auf!“, rief Lena ungeduldig, eine Zehntelsekunde nachdem sie an die Tür ihres Nachbarn gebollert hatte, weil ihr das Klingeln allein nicht ausreichte.

„Ruhig, Lena!“ Luis versuchte sie runterzubringen. „Falls wir von den Entführern beobachtet werden. Es darf nicht zu auffällig aussehen. Die dürfen nicht denken, dass wir die Polizei eingeschaltet haben.“

Lena lachte kurz auf.

„Wer sollte denn bei jemandem wie Humpi Verdacht schöpfen?“

„Na ja“, warf Luis entrüstet ein. „Er war immerhin mal Kommissar. Er ist immer noch eine Respektsperson.“

Ein älterer Mann mit verstrubbeltem Resthaar, einem Unterhemd und einer Schlafanzughose, die ihm fast in den Kniekehlen hing, öffnete verschlafen die Tür.

„Na, irgendwas passiert?“, fragte Humpi und ließ die beiden rein.

„Und ob!“, gab Lena zurück, stürmte an Horst Humpert vorbei und flüsterte Luis noch ein „So, so. Respektsperson also ...“ zu.

Kaum war die Haustür ins Schloss gefallen, sprudelten die neuesten Nachrichten auch schon aus den Sneakers heraus. Ihr väterlicher Freund informierte daraufhin umgehend die Polizei über den neuesten Stand der Dinge.

„Geschickt von den Entführern, das mit dem Burn-out. Wenn der DHB damit an die Öffentlichkeit geht, hätte die Polizei nicht den geringsten Grund, skeptisch zu werden“, fand Humpi. „Denn wer macht sich schon auf die Suche nach einem ausgebrannten Sportler, der überraschend in eine Klinik eingeliefert wurde?“

Wenig später kündigte der Deutsche Handball Bund DHB für den frühen Abend eine außerordentliche Pressekonferenz im französischen Metz an. Dort bereitete sich die Nationalmannschaft aktuell auf ihr erstes WM-Spiel vor.

„Dann mal los zur Schule!“, sagte Horst Humpert.

„Mooooment!“, warf Lena ein. „Was soll ich denn jetzt in

der Schule? Was, wenn noch was passiert? Wenn die Entführer sich wieder melden, wenn sie Lösegeld wollen, wenn die Geisel ausgetauscht werden soll?" Sie redete sich in einen wahren Schwall an halbgarem Krimiwissen hinein, den Humpi grinsend unterbrach.

„Das Nächste, was passiert, Frollein Bond, ist die DHB-Pressekonferenz um 17 Uhr. Darauf warten die Entführer. Vorher wird gar nichts geschehen. Und so lange geht ihr beiden schön in die Schule."

„Na los, komm schon", rief Luis seiner Freundin zu. „Wir können die PK dann ja nachher bei mir gucken."

Luis' Mutter servierte Rohkost. Paprika, Gurke, Möhrchen, Kohlrabi, Staudensellerie. Fassungslos starrten die beiden Kinder auf die Gemüseschälchen, so wie man Skianzüge am Karibikstrand beäugen würde. Passte einfach nicht. Aber wegen ihrer Challenge hatten sie vor Kurzem genau das in Auftrag gegeben. Eis und Schoki hätten sie jetzt zehnmal lieber gehabt, aber keiner von beiden wollte sich die Blöße geben.

„Es geht los!", gab Lena Auskunft und zeigte auf den Fernseher. Auf einem Sportkanal begann gerade die Liveübertragung der DHB-Pressekonferenz vor dem ersten Spiel in Frankreich.

„Danke für den Hinweis“, bemerkte Luis und verdrehte die Augen. Lena dachte immer, sie sei die Einzige, die alles im Griff hatte und müsste alle über die offensichtlichsten Dinge informieren. Als könne Luis nicht selber auf den Bildschirm schauen. Er verkniff sich eine weitere Bemerkung. Sie konnte eben nicht anders.

„Oh, das sieht ja alles hochoffiziell aus!“ Lena griff sich jetzt doch ein Stück Paprika und kaute hektisch darauf herum.

Der DHB-Pressesprecher saß an einem langen Tisch, auf dem viele Mikrofone standen. Neben ihm der Bundestrainer und Nationalspieler Pascal Holz.

„Bevor wir über das erste Spiel bei der WM reden, haben wir noch eine aktuelle Neuigkeit“, begann der Pressesprecher.

„Leider müssen wir Ihnen mitteilen, dass Patrick Schaaf zum Auftakt der WM nicht am Start sein wird. Er hat plötzlich ein Burn-out erlitten und befindet sich in Behandlung in einer Klinik. Wann er diese wieder verlassen kann, ist noch unklar. Bitte haben Sie Verständnis dafür, dass ich Ihnen weder sagen werde, in welcher Klinik sich Patrick Schaaf genau befindet, noch wie sein aktueller Gesundheitszustand ist. Wir hoffen im Interesse des Spielers auf Ihr Verständnis. Und jetzt bitte der Bundestrainer zur anstehenden WM-Partie.“

Die sofort losprasselnden, lauten Nachfragen der Journalisten ignorierten die drei auf dem Podium geflissentlich. Schließlich beruhigte sich die Pressemeute und hörte sich widerwillig die Infos rund um das erste WM-Spiel an. Danach aber gab es kein Halten mehr: Sämtliche Fragen der Reporter drehten sich um Patrick Schaaf. Gebetsmühlenartig erklärte der Pressemann immer wieder das Gleiche: „Kann ich nichts Näheres zu sagen. Wir wissen auch nicht mehr. Zu gegebener Zeit informieren wir über den neuesten Stand. Bitte respektieren Sie die Privatsphäre des Spielers und die seiner Familie."

Wie sehr die Presseleute sich an diese Bitten hielten, konnten Lena und Luis eine halbe Stunde später hautnah verfolgen. Sie fuhren mit ihren Rädern zum Haus von Patrick Schaaf. Das Gebäude war vollständig belagert von Kameras, Mikrofonen, Übertragungswagen und jeder Menge Menschen.

„War ja klar", zeigte sich Luis wenig überrascht. Zu Beginn seiner Reporterkarriere hätte ihn dieser Anblick noch umgehauen. Inzwischen aber hatten Lena und er längst begriffen, dass die Journalisten immer auf der Jagd nach der heißesten Story waren, den neuesten News und dem aufregendsten O-Ton. Denn das bedeutete: mehr verkaufte Zeitungen und Zeitschriften, mehr Zuschauer oder Zuhörer – und damit mehr Einnahmen für die Sender und Verlage.

„Guck mal, da ist die Freundin von Schaaf! Sie hat einen Koffer dabei."

Ein Mann führte Angie zu einem dunklen Wagen. Sie hatte

sich die Kapuze ihrer Jacke über den Kopf gezogen, damit niemand ihr ziemlich sicher verheultes Gesicht sehen konnte. Trotzdem wurde sie in grelles Scheinwerferlicht getaucht, Fotoblitze zuckten durch das Dunkel. Sie stieg rasch ein, der Wagen brauste los. Angesichts dieses Aufruhrs waren Lena und Luis heilfroh, dass Angie fürs Erste von der Bildfläche verschwand. Nix wie weg hier!

6

Ohne Zucker funktionierte Luis' Hirn nur noch im Schneckentempo. Er brauchte einfach seine tägliche Ration an Bonbons und Schokoriegeln. Na klar, Lena und er hatten das L-L-Duell laufen, aber mal eine klitzekleine Ausnahme?! Schließlich lag er vermutlich weit vor seiner Konkurrentin, was die reine Schrittmenge anging. Wie aber sollte er Lena das mit seinem knurrenden Magen jetzt verklickern?

„Huuumpiii, hast du irgendwas zu essen, was nicht nach Paprika oder Gurke schmeckt? Also etwas, wo nicht megafett draufsteht: ‚Gesund, aber total unlecker'?"

Ach, Luis hätte sie knutschen können. Mit ihrer Frage hatte Lena das Problem glatt gelöst. Ihr ging es also ganz genauso wie ihm. Sie waren wirklich ein super Team.

„Klar. Dieser ganze neumodische Kram mit diesem veganen Zeugs, das kommt mir nicht ins Haus", brummte Humpert und verdrehte bei dem Wort „vegan" die Augen. Er sprach es „wigäin" aus. Dachte wohl, das gehöre so. Seit seinem Polizei-Fortbildungskurs in den USA übertrieb er es manchmal etwas.

„Also, was wollt ihr? Pfannkuchen, Pfannkuchen oder Pfannkuchen?"

Lena und Luis strahlten wie die Honigkuchenpferde: „Alles drei!"

„Dacht ich's mir doch." Humpi grinste.

Geschickt hantierte der Exkommissar dann in seiner kleinen altmodisch offenen Küche mit Butter, Eiern, Mehl, Milch, Salz, Schüssel und einer Pfanne.

„Marmelade, Nutella, Lauch, Käse, Schinken – was soll rauf auf den Pfannkuchen?"

Diesmal antwortete Luis am schnellsten.

„Alles!"

Lena verzog das Gesicht. Das klang wie Spaghetti mit Honig und saurer Sahne. Irgendwie eklig. Oder zumindest ungewöhnlich.

„Also, einen mit Marmelade. Einen mit

Nutella. Und einen mit Käse", präzisierte Luis. „Mindestens. Obwohl – heute bin ich so in Form, mach mal zwei Dutzend."

Humpi nickte fröhlich.

„Wird erledigt!"

„Hey, krieg ich auch noch welche ab?" Lena versetzte Luis einen Stupser an die Schulter und lachte. Es war schön, dass sie so viel gemeinsam machten. Und auch wenn diese Entführung von Patrick Schaaf weiß Gott nicht lustig war, so waren sie und Luis zumindest wieder auf der Pirsch.

„So richtig locker lassen die Medien nicht, oder?", fragte Humpi, als er den Pfannkuchenberg auf dem Tisch abstellte. Luis und Lena griffen gleichzeitig nach dem obersten, und weil keiner nachgeben wollte, zerriss der Teigfladen in der Mitte.

„Langsam, Kinder, langsam", rief Humpi lachend. „Man könnte ja meinen, ihr hättet drei Wochen nichts zu essen bekommen!"

„Wenn du wüsstest …", antworteten beide schmatzend.

„Egal, zurück zu Patrick Schaaf", nahm Lena den eigentlichen Faden wieder auf. Darin war sie gut. „Die Presseleute spielen verrückt. Mama und Papa sind froh, dass die Reporter nicht wissen, dass wir da mit drinstecken."

„Das glaube ich!", sagte Horst Humpert.

„Papa meint, sonst könne er gar nicht mehr im Schlafanzug in den Garten gehen", nuschelte Luis zwischen zwei Bissen.

Humpi nickte, als wisse er hundertprozentig, was Luis' Vater meinte.

„Wenn mein Vater im Schlafanzug in den Garten geht und ihn irgendjemand sieht ...", fuhr Lena fort und griff dabei nach einem weiteren Pfannkuchen. Den bestrich sie fingerdick mit der Kalorienbombe Erdnussbutter. „... dann würde ich so tun, als wenn ich ihn nicht kenne. Obwohl – den erkenn ich ja alleine schon an seinem komischen Gang. Die Schultern hängen bei ihm immer so leicht nach vorne."

„Ich glaube, ich bin eher so der Schlurftyp", stieg Humpert in das Spiel ein. Lena nickte sofort, sprang auf und ahmte erst übertrieben ihren Vater, dann Humpis Gang nach.

Luis blieb erstaunlich ruhig und in sich gekehrt. Aber plötzlich schaute er auf.

„Wisst ihr was? Der eine von den Entführern, der hat sich auch so komisch bewegt. Ich wusste doch, dass da noch was war. Kam mir irgendwie bekannt vor. Der im Superman-Kostüm. So, als hätte ich den schon mal laufen sehen."

Luis beendete seinen für ihn langen Monolog.

„Ehrlich?", reagierte Lena als Erste. „Und was heißt das jetzt? Willst du sagen, du weißt, wer das war?"

Auch Horst Humpert sah Luis nun aufmerksam an.

„Nee, das irgendwie nicht. Ich weiß nur, dass ich im Garten gedacht hab: ‚Merkwürdig, diesen Gang kenn ich doch'. Der hat so das eine Bein hinterhergezogen."

Humpert klatschte.

„Sehr guter Hinweis, Luis. Glaubst du, dass dir noch mehr einfallen könnte?"

Der Junge verzog den Mund und fokussierte den Pfannkuchenteller.

„Jetzt gerade nicht."

„Nur der Superman? Oder auch Batman? Catwoman? Kanntest du die etwa auch?"

Wenn Lena sich hochfuhr, wurde ihre Stimme meistens etwas schrill und laut.

„Nein, nur Superman, glaub ich", gab Luis vorsichtig zurück.

„Ich muss mal eben telefonieren. Bin gleich zurück."

Horst Humpert verschwand im Flur, in dem der kleine Tisch mit dem Tastentelefon stand. Er führte mehrere Gespräche und kam dann federnden Schrittes zurück ins Wohnzimmer. Überhaupt kein Stück schlurfimäßig.

„Na, Messieurs dames. Wie wär's mal wieder mit einer kleinen Reise nach Frankreich?“ Erwartungsvoll sah er die beiden Kinder an. Lena und Luis stellten abrupt das Kauen ein.

„Wie meinst du das?“, fragte Luis leicht begriffsstutzig.

„So wie ich es sage. Wir müssen wohl mal vor Ort recherchieren. Ich habe gerade mit dem DHB und der Polizei gesprochen.“

„Weswegen denn?“ Hibbelig rutschte Lena auf dem Sofa hin und her.

„Ich habe der Polizei von Luis' Beobachtung erzählt. Die meinen, wir sollen morgen zum Spiel nach Metz fahren. Ist ja Wochenende. Und du, Luis, guckst dir dann da alles mal ganz genau an. Die Spieler, die Trainer, die Verantwortlichen. Vielleicht entdeckst du ja den Superman-Kidnapper irgendwo.“

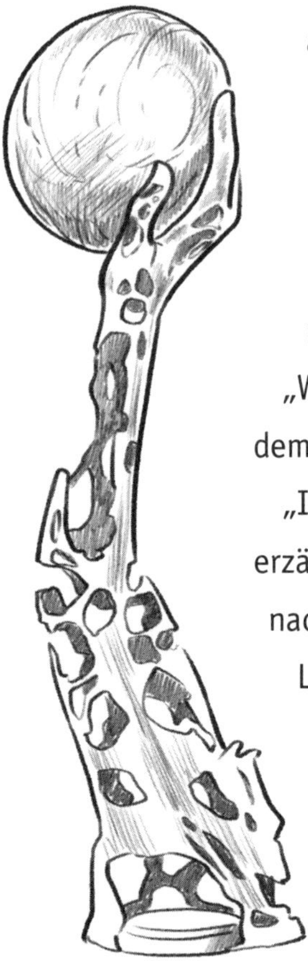

„Wieso denn? Was sollen die denn mit der Entführung zu tun haben?“ Lena verstand immer noch nicht ganz, worauf Humpi hinauswollte.

„Weiß man doch nicht. Vielleicht ist ein Mitspieler verwickelt. Oder ein Funktionär. Oder vielleicht wird jemand erpresst von den Offiziellen im Team. Weiß man nie.“

Luis und Lena waren baff. Klang geheimnisvoll, wie in einem Fernsehkrimi. Sie würden also tatsächlich nach Metz fahren, nur damit Luis die Bewegungen aller Leute in der Halle studieren konnte. Das Herz der Möchtegern-Profilerin Lena klopfte wild.

„Ist das weit von hier? Dieses Metz?“, wollte Lena wissen.

„Nicht so weit wie Monte Carlo“, gab Humpi zwinkernd zurück. Dorthin waren sie mit dem Französischkurs gefahren. Horst Humpert war als Aufsichtsperson dabei gewesen, in Monaco. Auf einem riesigen Schiff im Hafen hatten sie gewohnt. Und Lena und Luis hatten ganz nebenbei einen Sabotagefall in der Formel 1 gelöst, während des Grand Prix. Eine Klassenreise de luxe mit Krimifaktor. Also auf nach Frankreich.

„Dann könnten wir auch einen Bericht für *Klaro!* machen. Ruf die mal an, Luis. Das finden die bestimmt gut.“

„Kriegen wir denn überhaupt noch Karten? Das ist doch das Topspiel gegen den Gastgeber Frankreich, oder?"

Luis vermutete, dass die Partie längst ausverkauft war.

„Der DHB besorgt uns Akkreditierungen, keine Sorge. Für alle Bereiche. Wir kommen überall hin."

Humpi stand auf und brachte die schmutzigen Teller in die Küche.

„Also, morgen fahren wir mit meinem Auto los. Dauert ungefähr drei Stunden. Seid ihr dabei?"

„Bien sûr", antworteten Lena und Luis wie aus einem Mund. Beide spürten dieses ganz spezielle Kribbeln im Körper, das Jagdfieber, das sie inzwischen nur allzu gut kannten.

7

„Immer heißen die hier alle wie du!“

Leicht vorwurfsvoll blickte Lena ihren Freund an und deutete auf ein Straßenschild. Nach gut drei Stunden Autofahrt in Humpis alter Rostlaube waren sie endlich in Metz angekommen.

„Avenue Louis de Débonnaire“, las Luis laut vor. „Wer is'n das?“

„Ist doch egal“, wischte Lena brüsk seine Frage weg. „In Monaco hießen auch irgendwie alle Louis, selbst das Fußballstadion. Stade Louis Döööööööö.“

Lena zog das französische Wort „deux“ für die Zahl zwei extra in die Länge.

Luis seufzte erschöpft. Es konnte ja wohl nicht wahr sein, dass Madame jetzt eine Szene machte, nur weil irgendein Straßenname nicht ihren Vorstellungen entsprach.

„Was hättest du denn gerne?"

Humpert kam dem Jungen zu Hilfe, während er auf den Parkplatz vor dem Palais Omnisports des Arènes in Metz einbog. „Dass die Straße Rue de Lena la Grande heißt. Lena, die Große?"

Klar merkte sie, dass der Exkommissar sich über sie lustig machte. Wohl auch zu Recht. Sie hatte mal wieder überreagiert. Aber die Fahrt war so lang gewesen, Humpi hatte nur gruselige CDs am Start, Luis hatte die ganze Zeit auf seinem Handy rumgedaddelt. Und zu allem Übel roch es im Auto penetrant nach Mettwurst.

„Hm. Nee, muss ja nicht", gab sie zurück. Musste Humpi dann aber doch noch einen mitgeben. „Aber nach dir würde selbstverständlich nicht nur eine Straße benannt, sondern gleich die ganze Stadt."

Luis und Horst Humpert sahen das Mädchen verständnislos an. „Vielleicht machen sie aus Metz ja mal Mett!", zickte Lena, zeigte auf das angebissene Brot, zog die Nase kraus, öffnete die Tür und setzte sich in Bewegung.

„Avez-vous une accréditation?"

Ob sie eine Akkreditierung hatten, also eine Arbeitskarte,

wollte die Dame am Presseeingang wenig später wissen. Skeptisch betrachtete sie das zwölfjährige Mädchen. Humpert kramte umständlich einen offiziellen Brief des DHB vor, der auf Französisch verfasst war. Sofort wurde die Frau freundlicher. Sie befestigte ein neongrünes Band an den Handgelenken von Luis, Lena und Horst Humpert.

„Championnat du monde de handball, Metz!", las Lena beeindruckt vor. Der Beweis, dass sie dabei waren, bei dieser Handball-Weltmeisterschaft.

Eiligen Schrittes marschierten die drei danach die Gänge entlang, so als wäre das ihr zweites Wohnzimmer.

„Ahh, hallo, da seid ihr ja."

Der Pressesprecher der deutschen Handball-Nationalmannschaft begrüßte das Trio aus Hippenbach. „Gut, dass alles geklappt hat. Wir sind alle noch etwas verwirrt nach der Pressekonferenz. Habt ihr schon eine neue Nachricht von Patrick?" Er fuhr sich nervös durchs Haar. Lena und Luis schüttelten unisono den Kopf.

„Wir hoffen, dass wir helfen können. Oder so", antwortete Lena ausweichend.

Der Pressesprecher wusste nicht, dass es bei ihrem Besuch darum ging, die Menschen in der Arena ins Visier zu nehmen. Schließlich war auch er eventuell verdächtig. Wie derzeit jeder hier.

„Das wäre wunderbar“, erwiderte der Mann. „Die schlimmsten Gerüchte werden verbreitet. Kaum einer glaubt das mit dem Burn-out.“

„Was denn für Gerüchte?“, wollte Lena sofort wissen.

„Dass Patrick Schaaf die Nationalität gewechselt hat und für Spanien aufläuft“, begann der Pressesprecher mit der Aufzählung und verdrehte die Augen. „Dass er auf einmal gar kein Handball mehr spielt, sondern Stuntman werden will.“

„Dass er in Rumänien einen Motorradverleih aufmacht. Dass er sich in Angelina Jolie verknallt hat“, fuhr Luis fort.

Lena runzelte die Stirn. „Woher weißt du denn das?“

„Steht alles auf Facebook. Hab ich während der Fahrt gelesen.“

„Ach so, na klar. Hab ich ja auch gesehen“, sagte Lena und wechselte schnell das Thema.

„Können wir denn nachher noch jemanden interviewen? Für das TV-Magazin *Klaro!*?“

„Na klaro!“, antwortete der Pressesprecher, der seinen Humor offenbar noch nicht ganz verloren hatte.

„Die Spieler erst hinterher. Interviewt doch sonst schon mal die Fans."

Als Lena gerade nicht hinsah, schnappte Luis sich ein Croissant und mampfte es in zwei furchterregenden Happsen. Trackingarmband hin oder her.

Sie zog ihn in Richtung Pressetribünen.

Es war schon beeindruckend in so einem Handballtempel, der bis in den obersten Winkel der Halle vollgestopft war mit Fans. Dazu ein Geräuschpegel wie im Bienenstock.

Noch vor gar nicht allzu langer Zeit waren Lena und Luis völlig platt gewesen, als sie zum ersten Mal in den Presse-

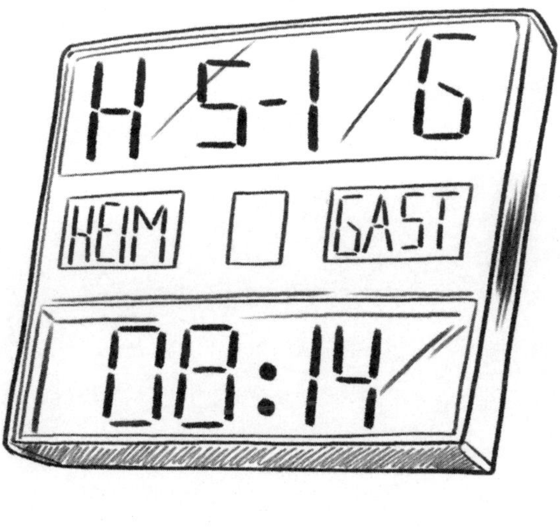

bereich eines Fußballstadions durften. Während der EM war das gewesen. Ihre Premiere als Reporter-Detektive sozusagen.

„Na, was sagt ihr?“ Horst Humpert hockte bereits zufrieden auf einem der Sitze, die für sie reserviert waren.

„Überall blau-weiß-rote Fahnen. Büschen wenig schwarz-rot-gold, oder?“

Luis ließ fachmännisch seinen Blick durch die Arena streifen. Humpi hatte recht. War ja auch kein Wunder, schließlich spielte hier heute der Gastgeber, Frankreich, gegen Deutschland. DIE Partie der Vorrunde.

„Wir machen uns mal auf die Suche nach Fans aus Deutschland. Irgendwo müssen die doch stecken“, meinte Lena.

„Dort drüben, schräg hinter dem Tor.“ Luis hatte die Deutschlandecke ausfindig gemacht. Er schnappte sich seine Kamera, drückte Lena das Mikro in die Hand und winkte Horst Humpert zu.

„Wir sind gleich wieder da!“

Der Exkommissar nickte kurz. Er wusste, dass sie Material für diesen Fernsehbeitrag sammeln wollten. Allerdings gab es ja auch noch eine andere wichtigere Aufgabe: die Bewegungen der Leute zu scannen.

„Halt die Augen offen! Du weißt schon", rief Humpi Luis hinterher.

„Mach ich als Kameramann sowieso immer", versprach Luis.

Lena deutete mit der Hand in die Menschenmasse.

„Wissen wir doch. Luis ist der reinste Bewegungsmelder", neckte sie ihn.

„Na, bei dir gibt es ja aktuell nicht so viel zu melden. So wenig, wie du derzeit tust."

Er deutete auf Lenas Armband. Sie lachte. Wo er recht hatte, hatte er recht.

„Jetzt rattert der Zähler gleich los. Wir müssen ganz da hoch zu den Fans."

Und schon war Lena losgesprintet. Vorbei an den Würstchen- und Getränkeständen, vorbei an dem Bereich, wo WM-Fanartikel verkauft wurden. Sie wusste, dass das fies war. Immerhin musste Luis das ganze Equipment schleppen und konnte dadurch kaum hinterherkommen. Nach zehn Metern bremste sie abrupt und nahm ihm eine große Tasche ab. Innerlich verbuchte Luis einen weiteren Pluspunkt auf dem Lena-Konto. Sie war echt eine, die auch zupacken konnte.

„Was sagen Sie zum Burn-out von Patrick Schaaf?“

Luis hielt mit der Kamera voll auf Lena und die ältere Frau im Deutschlandtrikot. Diese trug zudem eine schwarz-rot-goldene Perücke. Lena stand mitten zwischen den deutschen Handballfans. Drei Zuschauer befestigten gerade ein XXL-Banner, auf dem stand: „AUCH OHNE SCHAAF SCHÄRFER ALS LA FRANCE!“

Die Frau mit der Perücke schrie gegen die Lautstärke in der Halle in Lenas Mikrofon hinein.

„Man weiß ja gar nicht mehr, was man glauben soll!“, rief die Frau. „Burn-out, Burn-out, was soll das genau sein? Jetzt auf einmal hat der eine Schwächephase?“ Sie wirkte entrüstet. „Früher gab es so was nicht.“

„Der arme Patrick“, befand eine Frau daneben. „Ich hoffe nur, es geht ihm bald besser. Doofer Zeitpunkt trotzdem.“

Lena merkte, dass sie befangen war. Sie hatte noch nie ein Interview geführt und nach etwas gefragt, von dem sie wusste, dass es gelogen war. Ein Mann hielt seinen Kopf ins Bild.

„Der Schaaf soll ja 'ne Bank überfallen haben!", grölte er. „Der liegt bestimmt mit der Kohle längst schön auf den Malediven."

Schon war er wieder weg.

Lena atmete tief durch. Herrje. Die Gerüchte schlugen tatsächlich Purzelbäume. Es wurde höchste Zeit, dass sie Patrick Schaaf fanden. Nicht dass sein Ruf zu sehr unter der Entführung leiden musste.

„Und?", fragte Lena, als sie mit der Umfrage fertig waren.

„Nix."

Dieses eine Wort von Luis reichte. Offenbar kein Entführer vor Ort.

Auch ein Kopfschütteln in Richtung des Exkommissars, als die Kinder wieder auf ihren Plätzen saßen, sagte Horst Humpert, dass sie noch keinen Schritt weiter waren.

„Die Spieler laufen ein. Setz dich hin, Luis."

Lena war jetzt im Handballfieber. Ein Spiel der Nationalmannschaft hatte sie noch nie live gesehen. Schon gar nicht in einer Riesenhalle in Frankreich.

„Allez les bleus!", schallte der Schlachtruf der Franzosen hundertfach von den Rängen. Die deutschen Fans hielten tapfer dagegen.

Das Licht ging aus. Eine Art Nebel waberte durch die Halle, und ein Spot fiel auf die einlaufenden Mannschaften.

Der Sprecher verlas die Vornamen der Spieler. Die Fans skandierten jeweils die Nachnamen. Liebend gerne hätte Lena das hier gehört: „Der Spieler mit der Nummer sieben: Patrick ... Schaaaaaaf!"

Nach den Nationalhymnen pfiff der Schiedsrichter unter tosendem Applaus die Partie an.

Auch wenn es nur ein Vorrundenspiel war – es galt als wichtiger Wegweiser für das weitere Turnier. Wo stand das deutsche Team ohne Patrick Schaaf?

Als Ersatz für ihn hatte der Bundestrainer Pascal Holz aufgestellt. Auf der sogenannten Königsposition Rückraum links sollte Holz am besten häufig hochsteigen und aufs Tor zimmern. Patrick Schaaf hatte diese einfachen Tore drauf. Sein Wurf war so hart, dass es dem gegnerischen Keeper manchmal die Arme wegriss.

Aber auch Holz schlug sich gut. Ein Wurf landete genau im Winkel des Tors. Keine Chance für den Franzosen-Torhüter.

Die französischen Fans wurden allmählich ruhiger.

„Das ist ja viel schneller als beim Fußball!", rief Lena begeistert. „Find ich toll, dass hier so viele Tore fallen."

Recht hatte sie. Die Deutschen führten mit vier Treffern.

„Heißt aber nichts. Vier Tore sind im Handball nicht viel. So 'n Vorsprung kann ganz fix dahinschmelzen", merkte Humpi an. „Geht schneller als Zähneputzen!"

Ein lauter Aufschrei vom Spielfeld unterbrach den Exkommissar in seinen Ausführungen. Pascal Holz lag auf dem Boden und hielt sich den Knöchel.

„Wer hat ihn gefoult?", wollte Luis wissen.

„Niemand!", informierte Humpi mit Kennermiene. „Einfach so umgeknickt. Ganz bitter."

Auf der deutschen Auswechselbank brach Hektik aus. Betreuer und Mannschaftsarzt sprinteten aufs Feld und untersuchten den Knöchel. Die übrigen Spieler sahen sich ratlos an.

„Der muss raus", mutmaßte Lena.

Gestützt auf Physiotherapeut und Arzt humpelte Pascal Holz schließlich vom Platz. Mit schmerzverzerrtem Gesicht.

Sofort waren die französischen Fans und die Spieler wieder da. Sie nutzten die nun erforderlichen Umstellungen im deutschen Team aus und holten Tor für Tor auf. Inzwischen verstand man sein eigenes Wort nicht mehr.

„Nicht dass die das noch verlieren!", schrie Lena Luis ins

Ohr, als die Équipe tricolore – also die französische Mannschaft – in Führung ging.

Der deutsche Coach nahm eine einminütige Auszeit, um letzte Anweisungen zu geben. Er hantierte mit einer Taktiktafel, die Spieler nickten, formierten sich zu einem Kreis und feuerten sich gegenseitig noch mal an.

Holz saß wie ein Häufchen Elend auf der Ersatzbank. Mit einem Kühlkissen am Knöchel verfolgte er gebannt die Schlussphase. Nur noch eine Minute. Als der deutsche Torwart einen Wurf frei vom Kreis parierte, sprangen die drei Hippenbacher jubelnd in die Höhe.

„Teufelskerl!", befand Humpert. Aber noch lagen die Deutschen zurück.

Erbarmungslos tickten die Sekunden runter. Noch zehn. Der Keeper leitete einen Tempogegenstoß ein. Quasi mit dem Schlusspfiff

warf der Rückraum-Rechte dem französischen Torwart den Ball durch die Beine ins Netz. Unentschieden! Auf den letzten Drücker.

„Puhhh!“, stöhnte Luis hinterher. „Kaum auszuhalten, so spannend!“

„Hat mich bestimmt zehn Jahre meines Lebens gekostet.“ Humpert ließ sich erschöpft auf seinen Platz sinken.

Eine Stunde später hatten Lena und Luis alle Bilder und Reaktionen nach dem hart erkämpften Unentschieden im Kasten. Dann ging es im Auto zurück nach Hippenbach.

„Ist dir wirklich gar nichts aufgefallen?“, wollte Humpert noch einmal von Luis wissen.

„Rein gar nichts“, antwortete der resigniert.

„Hoffentlich erlebt Patrick Schaaf noch mal irgendwann so ein Spiel! Der arme Kerl. Verpasst diesen ganzen Wahnsinn, weil er …“, redete Lena los.

„Pschschscht!“ Luis machte ein verzweifeltes Zeichen, dass sie die Klappe halten solle. Erst jetzt bemerkte Lena, dass er sein Handy aus der Hosentasche hervorgekramt hatte.

Ein neues Snapchat-Video von Patrick Schaaf!

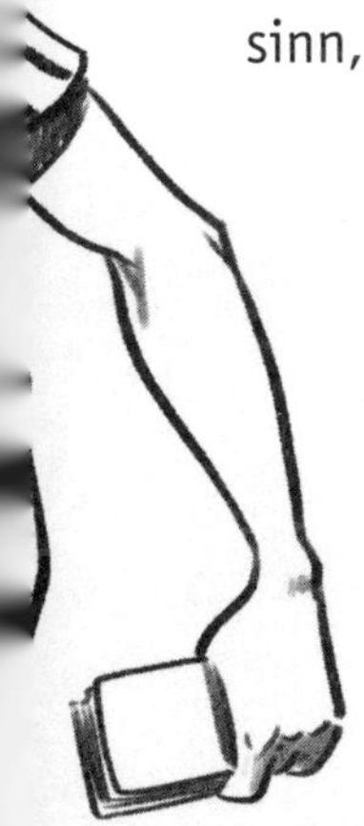

Die letzten beiden Sekunden liefen gerade ab. Man hörte nur noch, wie der Entführte etwas von Anweisungen sagte. Dann verschwand das Video. Endgültig. Offenbar war es schon in Luis' Hosentasche losgelaufen. Und keiner hatte es mitgekriegt.

„Mann, jetzt haben wir alles Wichtige verpasst! Weil du immer so viel quatschen musst!"

Luis fühlte Wut und Enttäuschung in sich aufsteigen. Auch Humpert musterte Lena im Rückspiegel mit einem sehr strengen Blick. Immerhin mussten sie der Polizei Bericht erstatten.

„Was machen wir denn jetzt?", sagte Luis dunkel. „Wir haben keine Ahnung, was er gesagt hat."

Horst Humpert war inzwischen auf eine Autobahnraststätte gerollt und hatte den Motor ausgestellt. Es war totenstill im Wagen.

Lena gab sich einen Ruck. Jetzt musste sich zeigen, ob die ganze heimliche Arbeit der vergangenen Tage umsonst gewesen war oder nicht.

„Ich glaube, das Snapchat-Video ist nicht verloren. Wahrscheinlich können wir sogar alle Schaaf-Videos noch mal anschauen. So oft wir wollen."

8

Mit weit aufgerissenem Mund blickte Luis seine Freundin an. Lena konnte jeden dusselig quasseln, übers Wasser laufen, schon klar – aber Snapchat-Videos wiederherstellen?!

„Ja, aber die Polizei hat gesagt, dass es zu auffällig ist mit der Recorder-Software. Weißt du doch!", hörte Luis sich als Nächstes sagen.

„Das meine ich nicht. Dafür muss man nix installieren. Die Videos werden nämlich von selbst gespeichert. Ist nur super umständlich, da hinzukommen, wo die Videos liegen."

Lena klang immer noch vorsichtig, so als traute sie ihren eigenen Worten kaum.

„Wie, gespeichert?" Luis wurde jetzt etwas misstrauisch. Lena beschäftigte sich mit Technik ungefähr genauso gern wie mit dem Abwasch oder mit Matheaufgaben.

„Das Smartphone MUSS jede Datei, die es anzeigen oder abspielen will, erst mal irgendwo im eigenen Speicher ablegen, in einem ganz speziellen Ordner. Das dürften die Entführer eigentlich nicht merken. Kommt, ich zeig es euch."

„Wann hast du das denn alles rausgefunden?" Völlig baff, beeindruckt und ein wenig neidisch forderte Luis weitere Infos.

„Ach, hab halt mal etwas weniger geschlafen und mich dafür etwas mehr schlaugemacht."

Luis wusste, dass „etwas mehr schlau gemacht" die größte Untertreibung überhaupt war. Vermutlich hatte Lena seit einer Woche keine Sekunde geschlafen.

Sichtlich geübt tippte sich Lena kreuz und quer durch das Betriebssystem seines Handys. Schließlich deutete sie auf einen Ordner, der eine elend lange Zahlenreihe als Namen hatte. „Das müsste er sein. Versuch's!"

Luis tippte auf den Ordner – und da waren sie: alle Snapchat-Videos, die er je gemacht hatte. Alle, die er bekommen hatte. Und die Patrick-Schaaf-Filme.

„Irre ...", flüsterte Luis ehrfürchtig. Dann nahm ihm eine große Männerpranke das Handy ab.

„Das haben die Entführer wohl übersehen", fasste Humpert zusammen und betrachtete die Videos. „Toll, Lena! Klasse Arbeit! Leute, Kursänderung. Wir fahren zur Polizei!“

Dort staunte man nicht schlecht, als Lena und Luis die Videos präsentierten.

„Schapo!“, sagte einer der Polizisten, ein dicker freundlicher Typ. Er meinte wahrscheinlich „Chapeau“, was das französische Wort für „Hut“ war und so viel bedeutete wie „Hut ab!“.

Innerhalb kürzester Zeit versammelte sich die SOKO „Entlaufenes Schaf“. Lena und Luis durften dabei sein und den Trick mit den Snapchat-Videos auf einem Smartboard präsentieren. Nun konnte man die Filme immer und immer wieder ablaufen lassen.

„Das ist ja mal echt eine Riesenhilfe!“ Chefermittler Franz Jacobi strahlte. „Fällt euch was auf?“, fragte er dann in die Runde.

„Ja. Dem geht's irgendwie ganz gut!“, platzte Lena heraus. Luis knuffte sie in die Seite. Sicher wollte der Polizist nicht ausgerechnet von Frollein Schaffrath hören, wie sie die Bilder interpretierte.

„Sehr gut, junge Dame! Genau das meine ich auch“, griff Jacobi Lenas Einwurf auf. „Der wirkt doch eher wie ein Urlauber!“

Auch Luis mischte sich jetzt ein. Niemand hatte sie hinausgeschickt, offenbar waren sie als gleichberechtigte Ermittler akzeptiert. Na ja, zumindest beinahe.

„Da steht sogar eine Spielkonsole!“ Er deutete auf einen Kasten, neben dem sich Videogames stapelten.

„Und frisches Obst“, zählte eine junge Polizistin auf.

„Da, Schokolade!“ Horst Humpert hatte sich in eine Ecke des Raumes gesetzt, konnte aber offenbar von dort aus alles gut erkennen.

„Beinahe wie im Vier-Sterne-Hotel. Nicht schlecht, Herr Specht“, resümierte Chefermittler Jacobi.

„Und jetzt? Was bedeutet das?“ Die junge Polizistin blickte sich fragend um.

„Also: Es geht dem Entführungsopfer überdurchschnittlich gut. Es scheint weder gefesselt noch verletzt. Es leidet keinen Hunger, es wird sogar verwöhnt. Man fragt sich wirklich, was die Entführer für ein Motiv haben könnten.“ Jacobi tippte mit dem Kugelschreiber auf den Tisch. „Hansen: Sie ziehen Kopien von den Videos. Und dann analysieren wir das alles von A bis Z. Ich will noch mehr Ergebnisse. Heißt: Nachtschicht, Leute.“

Jacobi bedankte sich vor der gesamten Gruppe bei Lena und Luis.

Wie gut, dass Lena mich damals in diesen Job reingequatscht hat, dachte Luis zufrieden.

Wie gut, dass Luis immer das Beste aus mir rausholt und mir so viel beigebracht hat, dass ich überhaupt ansatzweise eine Ahnung hatte, wo man nach so versteckten Dateien suchen konnte, dachte Lena und blickte ihren Freund unauffällig von der Seite an.

9

Eiche rustikal! Der Tisch, der Stuhl und der kleine Schrank kamen Luis plötzlich irgendwie total bekannt vor.

„Das sieht aus wie bei Humpi!", rief er laut.

„Wie bitte?!" Lena schreckte hoch. Sie war irgendwann auf Luis' Bett eingenickt. Der Ausflug nach Metz am Tag zuvor forderte jetzt seinen Tribut.

Zwei geschlagene Stunden hatten Lena und Luis schon wieder die Schaaf-Videos angeschaut und intensiv nach Hinweisen gesucht, wo der Handballer versteckt sein könnte.

„Du denkst, Humpi hat Patrick Schaaf entführt?" Lena war wirklich entsetzt.

„Nein. Natürlich nicht." Luis erklärte, was er meinte. Bevor Lena noch zur Polizei, zu den Medien oder auch zur NSA lief und Horst Humpert nach Guantanamo verschifft wurde.

„Die Möbel hier sind auch so altmodisch wie bei ihm. Wer hat denn heutzutage noch so was? Außer Humpi und meinen Großeltern."

„Ach so!" Lena wirkte erleichtert. Möglicherweise hätte sie für eine coole Nachricht ihre Großmutter verkauft, aber nur ungern Horst Humpert. Dafür waren dessen Pfannkuchen einfach zu genial.

„Der Raum sieht auch altbacken aus", fügte Luis an.

Lena lehnte sich gähnend in ihrem Stuhl zurück. „Das haben wir schon vor 'ner Stunde festgestellt."

Nervös lief Luis im Zimmer hin und her. Da war was in dem Video. Etwas, das sie weiterbringen würde. Etwas Wichtiges. Direkt vor ihren Augen. Warum sahen sie es nur nicht?!

Er ließ sich wieder aufs Bett fallen. Mit einigem Abstand würde ihm die Nadel im Heuhaufen vielleicht ins Auge springen.

„Sag jetzt mal bitte nichts!", bat er Lena.

„Ich sag schon die ganze Zeit nichts!", gab sie zurück.

„Wieso auch? Du starrst ja nur noch auf dieses Video. Ich kenn das jetzt in- und auswendig. Da weiß ich gar nicht mehr, was ich dazu noch sagen soll, und außerdem ..."

„Lena. Klappe!", rief Luis. „Ich muss mich konzentrieren."

Lena seufzte und beschäftigte sich mit den Fotos auf ihrem Handy. Sie lud ein paar Schnappschüsse von sich und ihren Freundinnen bei Instagram hoch und wartete auf Herzchen und Kommentare. Mit Luis war heute nicht mehr viel anzufangen.

„Ich komm noch drauf, ich komm noch drauf", murmelte Luis, ohne hochzusehen.

Erstaunlicherweise war kein einziges Staubkrümelchen in seinem Zimmer zu sehen. Da hätte man die Pfannkuchen sogar vom Boden essen können. Ganz im Gegensatz zu Lenas „Schlachtfeld", wie ihre Mutter immer etwas spitz zu sagen pflegte. Ihre Eltern waren aber auch nicht so streng und ordnungsliebend wie Luis' Eltern. Bei ihr lagen Sneakers, Klamotten, Schulsachen und Bücher kreuz und quer durcheinander.

„Ahhh, ich glaub, jetzt hab ich's." Luis war auf einmal sehr aufgeregt. „Sekunde. Es hängt in der einen Hirnspalte fest. Muss nur noch zwei, drei Synapsen neu verknoten. Jetzt mal bitte absolute Ruhe. Gleich ..."

„Möchtet ihr Kuchen?"

Mit einem Ruck hatte Frau Worczyk die Tür aufgerissen. Luis' Konzentration war prompt dahin. Genervt blickte er seine Mutter an. Auf einem Tablett balancierte diese zwei Teller mit Nusskuchen und zwei Becher Kakao.

„Oh ja, gerne“, sagte Lena erfreut und war sofort auf den Beinen. Sie hatte tierischen Kohldampf. Dass Luis sich nicht sofort darauf stürzte, bewies, dass er gedanklich in einem komplett anderen Universum unterwegs war. Auf Kuchen und Bonbons verzichtete Luis aber generell nur, wenn er grüne Männchen vom Mars beim Schlittschuhlaufen sehen konnte oder aber James Bond, der gleichzeitig mit drei Löwen, einem Roboter und einem fliegenden Auto kämpfte.

„Und räum mal bitte auf, Lulu. Das sieht ja ganz schlimm aus hier.“

Luis hatte seine Mutter x-mal gebeten, das mit dem Spitznamen zu unterlassen. Schließlich war er kein Baby mehr. Bisher hatte Lena sich immer wie ein Geier darauf gestürzt und ihn mit „Lululein“ aufgezogen. Bestimmt würde sie die Chance gleich wieder nutzen.

„Deine Mutter ist echt krass“, sagte Lena stattdessen kopfschüttelnd. „Sagt dir, du sollst aufräumen. Dabei ist es bei dir so schon viel ordentlicher als bei mir, nachdem ich saubergemacht habe.“

„Na ja, da fliegt schon überall was rum“, gab Luis seiner

Mutter recht. Dabei deutete er auf den Stuhl in seiner Ecke. Lena rollte mit den Augen.

„Da hängt total ordentlich deine Hose über der Lehne. Echt, Luis. Meine Mutter würde Freudentränen vergießen, wenn ich das täte."

„Ist doch auch egal jetzt", meinte Luis und widmete sich wieder dem Video. „Mach ich nachher."

Lena erhob sich und ging in die Ecke zu dem Stuhl, auf dem die Hose hing. Sie nahm sie hoch und faltete sie kunstvoll zusammen. Dann seufzte sie hörbar. Die Hose sah jetzt aus, als hätte sie einen schlimmen Verkehrsunfall erlitten. Total zerknittert und zerbeult.

„Schlimm", flüsterte sie sich grinsend zu und ließ die Hose unauffällig im Wäschekorb verschwinden. Luis war so abgelenkt, das hatte der im Leben nicht mitbekommen.

„Na, die Kidnapper dürften deine Mutter aber auch nicht zu sich einladen. Da fliegen ja überall Klamotten rum", bemerkte sie, nahm sich ein Stück Kuchen, biss hinein und krümelte den Boden vorm Stuhl komplett voll.

Mit einer raschen Fußbewegung rieb sie die Krümel in den Teppich.

„JAAAA, SPINN ICH?!“, schrie Luis in diesem Moment.

Oh Mann, dachte Lena. Ein paar Krümel im Teppich und schon flippte er aus.

„Ja, 'tschuldige. Ich hol den Staubsauger und mach das weg.“ Gerade wollte sie aufstehen, als Luis verständnislos vom Video hoch- und Lena anblickte.

„Was? Staubsauger? Quatsch. Hier, guck! Das da isses!“

Lena horchte auf. Klang mindestens nach der Entdeckung des achten Weltwunders.

„Wusste ich doch, dass ich da was kenne. WUSST ICH'S DOCH!“

So außer sich hatte Lena ihren besonnenen Freund schon lange nicht mehr erlebt. Was hatte er bloß gefunden?

„Und du hast mir den Hinweis gegeben“, lobte er Lena lachend. „Du kleine schludrige Hosen-Falterin!“

Stirnrunzelnd hockte Lena sich hinter Luis und sah zum gefühlt eine Millionsten Mal das Video an. Zimmer. Altmodisches Sofa mit Patrick Schaaf, Klamotten, Schrank, Stuhl, Kochnische.

„Da. Siehst du das da?“

Luis tippte mit seinem Zeigefinger an eine bestimmte Stelle des Bildschirms. Lena kam näher und tippte ebenfalls drauf. Dabei hinterließ sie einen dicken Schokofleck auf dem Screen.

„Was ist denn mit dem Sofa?" Lena war ratlos.

„Nicht das Sofa. Das, was drauf liegt!" Luis sah sie triumphierend an.

„Das T-Shirt?", fragte Lena und nahm das weiße Ding ins Visier.

„Genau. Erkennst du es nicht? Das da vorn drauf, diese Zeichnung, das ist das Logo der HG Hippenbach. Von den Handballern! Und weiter siehst du, künstlerisch etwas verfremdet ..."

Luis sprach jetzt in dieser theatralisch-besserwisserischen Art, die Lena absolut hasste.

"... Herrn Super-Duper-Star Patrick Schaaf in allerfeinster Wurfhaltung."

Lena zuckte mit den Achseln. „Na und? Das wird ihm gehören."

„Nein, bestimmt nicht. Erstens ist es viel zu klein", erklärte Luis und taxierte ungeduldig seine Freundin. Mann, war die heute trantütig!

„Und zweitens ist das selbst gemacht. Das hat jemand gemalt."

Lena sah jetzt noch mal ganz genau hin. Luis hatte recht. Das Logo der Handballer war offenbar mit einer speziellen Farbe von Hand auf den Stoff gebracht worden.

„Und was bringt uns das jetzt?" Lena nahm einen Schluck Kakao und wischte sich mit der Hand über den Mund. Die Hand wischte sie an ihrer Jeans ab.

„Was uns das bringt?", echote Luis. Er klang jetzt ganz so, als habe er noch ein As im Ärmel. „Man müsste natürlich wissen, wer so malen kann und wer so ein T-Shirt schon mal getragen hat."

„Ja, Schlaumeier. Das müsste man natürlich."

Lena wurde jetzt mürrisch. Schon klasse, dass Luis das mit dem T-Shirt aufgefallen war. Aber wenn er noch was wusste, durfte er es jetzt ruhig ausspucken. „Und, Häuptling Adlerauge, lässt du mich an deinen weisen Gedanken teilhaben?"

Luis biss erst mal ein großes Stück Kuchen ab. Er mampfte dabei vorsichtig über dem Teller, um nur ja den Teppich nicht vollzukrümeln. Lena platzte beinahe vor Neugier. Und sie hätte Luis am liebsten eine geknallt, weil der jetzt extra langsam machte.

„Dieses T-Shirt, liebste Leni, hab ich tatsächlich schon mal jemanden tragen sehen", begann er dann. „Als ich neulich meine Sneakers in der Turnhalle vergessen hatte, musste ich noch mal zurück. Weißte noch?"

Lena nickte.

„Als ich da ankam, hatten die Großen schon Sport. Und rate, wer das T-Shirt anhatte und megagut in Kunst is'?"

Mit einem unmissverständlichen Blick gab Lena Luis zu verstehen, seiner Gesundheit zuliebe die Katze jetzt besser endlich aus dem Sack zu lassen.

„Svenja Lürssen aus der 12b!"

10

Die würde sich gleich noch danach sehnen, das gesamte Periodensystem vorwärts und rückwärts aufsagen zu dürfen! Oder sämtliche Jahreszahlen aller Kriege seit Bestehen der Menschheit! Denn diese Chemie- oder Geschichtsfolter wäre harmlos gegen das, was Svenja Lürssen nun erwartete.

Lena und Luis blickten durch die gläserne Klassentür der 12b und beobachteten, wie das rothaarige Mädchen an der Tafel stand und schwitzte.

„Mach auf und zieh sie raus“, drängelte Lena Luis.

„Wir warten, bis die Stunde zu Ende ist. Vielleicht ist es ja gar nicht so, wie wir denken.“

„Hier wird gar nicht gewartet“, preschte Lena vor und hatte die Hand schon auf der Türklinke. „Nachher verdurstet Patrick bis dahin.“

Lena war grandios darin, sich die schlimmsten Horrorszenen auszumalen. Wenn Luis beispielsweise mal nicht gleich an sein Handy ging, stellte sie sich vor, wie er sich im Wald verlaufen hatte. Dann war er mit einem Fuß an einer Wurzel hängen geblieben oder – noch schlimmer – in eine Eisenfalle getappt. Jetzt konnte er weder vor noch zurück, der Fuß schmerzte höllisch, mit jeder Bewegung fraßen sich die grausigen scharfen Reißzähne tiefer in sein Fleisch. Ihm wurde übel, immer kälter, die Sinne schwanden. Er bräuchte dringend Hilfe, hatte aber natürlich keinen Handyempfang.

Meist stellte sich dann später heraus, dass Luis einfach nur in der Badewanne gelegen und Musik gehört hatte.

„Entschuldigung, Herr Seeberg. Wir müssten mal eben was mit Svenja besprechen. Dringend", sagte Lena total ruhig zum Chemielehrer, nachdem sie wie eine Naturkatastrophe mitten in den Unterricht geplatzt war. So viel zum Thema „unauffällig", dachte Luis und verdrehte die Augen.

„Es geht um ihr Portemonnaie. Wir haben das, glaube ich, gefunden", fügte Lena noch an.

„Das ist ja nett von euch beiden", fand Herr Seeberg und entließ Svenja von ihrem Posten an der Tafel. „Ist ja eh gleich Schulschluss."

Kaum hatte Svenja sich ihre Sachen geschnappt, dirigierte Lena sie über den Flur und in einen leeren Klassenraum.

Svenja kramte etwas aus ihrem Rucksack und hielt es den beiden Kids unter die Nase.

„Was soll der Mist mit meinem Portemonnaie? Hier ist es doch."

„Wissen wir!", sagte Luis kurz angebunden. Ganz wohl war ihm nicht bei diesem Verhör. Nachdem er das T-Shirt erkannt und Lena von seinem Verdacht berichtet hatte, war sie sofort im Schweinsgalopp in Richtung Schule gestürmt, ohne irgendjemanden sonst zu informieren. Auch Humpi war nicht eingeweiht. Dem war es garantiert nicht recht, dass sie einen Alleingang hinlegten. Andererseits fand er es auch aufregend, dass sie möglicherweise die Entführerin stellen würden.

In der Eile hatten sich Lena und Luis aber überhaupt nicht überlegen können, wie sie bei Svenjas Befragung vorgehen wollten. Luis hatte während des Sprints nur angemerkt, dass er es vorsichtig angehen würde. Svenja auf jeden Fall erst mal in Sicherheit wiegen. Und vielleicht bei der Frage nach dem T-Shirt gucken, ob sie sich irgendwie auffällig verhielt.

„WO IST PATRICK?!", hörte Luis in diesem Moment die

schneidende Stimme seiner Reporterkollegin. Er stöhnte. Klar, er hätte sich seinen Vortrag auch einfach sparen können.

„Welcher Patrick?" Svenja Lürssen wich unwillkürlich einen kleinen Schritt zurück.

„Das weißt du ganz genau!", fauchte Lena sie an und ging ihrerseits einen Schritt auf Svenja zu. Sie meinte, ein kurzes unsicheres Flackern in deren Augen gesehen zu haben.

„Was wollt ihr überhaupt? Hat der Kindergarten heute Ausgang?"

„Was Du hier veranstaltest, DAS ist der reinste Kindergarten", schoss Lena zurück. „Gib es zu. Du weißt, wo Patrick Schaaf steckt."

„Ich denke, der liegt in einer Klinik", konterte Svenja Lürssen keck. „Was geht euch das alles an?"

„Wir haben Beweise, dass du was mit seinem Verschwinden zu tun hast", spielte Lena jetzt ihren großen Trumpf aus.

„Ach ja, und welche? So'n Quatsch."

Herausfordernd blickte Svenja die beiden an. Wie eine aus der Stufe zwölf eben Siebtklässler so ansah, wenn sie sich ihnen überlegen fühlte. „Wollt ihr mich verarschen, ist es das?"

Luis beschloss einzugreifen. Er hatte keine Lust darauf, dass sich die beiden Mädchen am Ende die Augen auskratzten.

„Wir haben nur gedacht, weil du doch auch Handball spielst. Bei der HG Hippenbach, oder?", erkundigte er sich – und erntete dafür einen fassungslosen Blick von Lena. Wollte er jetzt einen auf Small-Talk machen?

„Ja, wieso?", fragte Svenja und wirkte nicht mehr ganz so abwehrend.

„Welche Position denn?"

„Kreisläuferin", antwortete sie vorsichtig.

„Ist doch bestimmt cool, wenn man im Sportunterricht immer viel besser ist als die anderen, oder?"

Luis lehnte sich gegen die Fensterscheibe und lächelte Svenja an.

„Na ja, einige können nicht mal 'nen Ball fangen." Svenja

grinste. „Matthes zum Beispiel. Echt 'n Bewegungs-Legastheniker. Kennste den?"

Lena tat etwas, was ihr so gar nicht behagte. Sie hielt sich zurück. Am liebsten hätte sie Luis angeschrien, er solle gefälligst sofort aus Svenja herauspressen, wo sie Patrick Schaaf hingeschafft hatte.

„Matthes? Echt?" Luis plauderte so gemütlich, als säße er mit seiner Oma beim Kaffeekränzchen. „Dabei läuft der doch immer in so wichtigtuerischen Trikots rum, oder? Spielst du in der Schule eigentlich im Hippenbach-Trikot?"

Luis deutete locker auf Svenjas Sportbeutel. Lena war kurz vorm Platzen. Wollte er das ältere Mädchen beeindrucken? Was sollte das?

„Nee. Aber so ähnlich. Ich habe so ein spezielles T-Shirt", erklärte Svenja.

„Ach. Zeig mal", forderte Luis sie auf. Wenn er sie gleich noch nach der Farbe ihres Nagellacks fragte, würde Lena aber so was von Aus-ras-ten!!

Svenja zog ein T-Shirt aus ihrer Tasche und zeigte es Luis. Darauf zu sehen war ein selbst gemaltes Logo der HG Hippenbach mit Patrick Schaaf als Schattenriss. Lena hielt den Atem an.

„Hab ich selbst gemacht. Hat sonst niemand." Svenja klang stolz. Sie wusste noch nicht, dass sie sich mit diesem Satz soeben ihr eigenes Grab geschaufelt hatte.

„Ach, hat sonst niemand?", vergewisserte sich Luis noch einmal. „Sieh mal, Lena. Kennen wir das nicht?"

„Und ob!" Lena spuckte die zwei Worte förmlich aus. Mit all der Energie, die in ihr steckte und die sie in den vergangenen Minuten hatte zurückhalten müssen. Flink zog sie ihr Handy hervor und spielte Svenja das letzte Snapchat-Video von Patrick Schaaf vor. Die 17-Jährige wurde kreidebleich.

„Wieso habt ihr das noch?", rutschte es ihr heraus, womit sie sich erneut selbst ein Bein stellte.

„Weil Lena ein Technik-As ist", erklärte Luis und klopfte seiner Freundin anerkennend auf die Schulter.

„Sieh es dir mal genau an", forderte Lena die Ältere auf und zoomte auf das T-Shirt auf dem Sofa. „Kommt dir das irgendwie bekannt vor?"

Um Svenjas Augen zuckte es leicht. Sie sagte aber nichts.

„Mann, Svenja! Pack aus! Die ganze Welt sucht nach Patrick. Die Familie macht sich Sorgen. Der Nationaltrainer. Die Mannschaft. Hast du überhaupt 'ne Ahnung, was los ist? Klar hat die Polizei von der Sache Wind bekommen,

ohne dass wir was gesagt haben. Die wird jeden Tag nervöser. Dafür könnt ihr bestraft werden, vielleicht müsst ihr sogar in den Knast!"

Und plötzlich flossen die Tränen. So schnell hatten Lena und Luis es gar nicht kommen sehen, wie sich die selbstsichere Svenja in ein Häufchen Elend verwandelte.

„Das sollte doch alles nur so 'ne Art Rettung sein", flüsterte sie schniefend.

„'ne Rettung?!", fragte Lena ungläubig. Luis tippte sie leicht an den Arm, damit sie sich etwas beruhigte.

„Na ja, also, wir wollten doch nur, dass er sich bei der WM nicht verletzt. Sonst kann er womöglich danach nicht sofort für Hippenbach spielen. Er hat ja immer was mit dem Kreuzband. Und die sollen doch Meister werden. Dann gibt's auch für meine Mannschaft mehr Geld. Weil, wir wollen doch ins Trainingslager, dorthin, wo die Auswahlmannschaften gesichtet werden. Da wär ich so gerne dabei. Und unser ..."

Svenja weinte jetzt nicht nur wie ein Wasserfall, sie sprach auch wie einer.

„Okay, okay!", beruhigte Luis das heulende Etwas. „Ist

ja gut. Aber wo ist Patrick Schaaf? Svenja, wir müssen das wissen. Wo. Ist. Er?"

Luis sprach wie zu einem Kleinkind. Nichts war übrig geblieben von der kecken Oberstufen-Granate Svenja Lürssen.

„Ich bring euch hin. Aber sagt bitte niemandem was. Auch nicht meinen Eltern. Die flippen aus!"

Lena und Luis sahen sich kurz an. Svenjas Wunsch war verständlich, aber nicht zu erfüllen. Dafür hatte die ganze Entführung schon viel zu viel Staub aufgewirbelt.

Luis öffnete vorsichtig die Tür und spähte auf den Gang. In dem Gewusel nahm niemand Notiz von ihnen. Er lotste Svenja und Lena zum Hinterausgang der Schule, dann zu den Fahrradständern.

Alle drei radelten schweigend. Svenja Lürssen vorweg, die beiden Detektive dicht dahinter.

„Hoffentlich haut die nicht noch ab", flüsterte Lena Luis zu, während sie so dahinrollten.

Sie fuhren an Häusern und Wohnblocks vorbei, raus aus Hippenbach, bis es immer ländlicher aussah. Wiesen, Felder, kleine Bauernhöfe.

„Sag uns mal bitte, wo es hingeht", rief Lena ihr zu. Ihr dauerte das alles schon wieder zu lange. Und außerdem traute sie Svenja keinen Millimeter. Vielleicht hätten sie doch lieber Humpi informieren sollen.

„Da hinten, da geht's rein." Svenja hielt an und deutete auf den Eingang zu einer Kleingartenkolonie. „Da hat meine Oma einen Schrebergarten. Samt Hütte."

Normalerweise hätte Luis jetzt einen Scherz gemacht und „Strebergarten?!" gefragt. Das Wort hatte er als kleines Kind immer verstanden. Hier und jetzt war aber keine Zeit für Witze.

„Und da ist er drin?", hakte Lena nach. Svenja nickte.

„Todsicheres Versteck. Außer uns ist hier zu dieser Jahreszeit ja kaum jemand."

Lena horchte auf. „Wer ist eigentlich *wir*? Wer steckt da noch mit drin?" Sie erinnerte sich an Batman und Superman in Patrick Schaafs Garten.

Svenja antwortete nicht. Sie schob ihr Rad über den kleinen Sandweg, der an den einzelnen Parzellen vorbeiführte. Im Sommer sah es hier bestimmt toll aus, mit blühenden Blumen, Obst, das an Bäumen baumelte, lachenden Kindern, die in Hollywoodschaukeln unbeschwerte Tage verbrachten. Jetzt war es allerdings wie ausgestorben. An Parzelle 205 stoppte Svenja. „Kommt rein."

Sie lehnten ihre Fahrräder an die hohe Hecke und betraten das kleine Grundstück. Etwas weiter hinten stand ein windschiefes Gartenhaus aus Holz. Seine Tür öffnete sich knarzend.

„Und da ist Patrick Schaaf drin?"

Lena blieb skeptisch. Was, wenn Svenja Lürssen sie in eine Falle gelockt hatte? Hier am Ende der Welt würde sie doch vor Frühjahr garantiert niemand finden.

Auch Luis wirkte angespannt. Superman und Batman hatten ziemlich groß und kräftig beim Kidnapping ausgesehen.

„Keinen Mist, Svenja, okay!?", sagte er und hielt sein Handy fest umklammert. Lena warf einen Blick drauf. Er hatte Humpis Nummer im Display aufgerufen. Das war schlau. Sollte hier irgendetwas faul sein, könnte er mit einem Daumendruck den Exkommissar an die Leitung holen. Der würde alles mithören, die Smartphones der Kinder orten und die Rettungstrupps losschicken.

Aus dem Inneren drangen Stimmen an ihre Ohren.

„Keine Sorge. Er ist hier. Ich lüg euch nicht an."

Mit Lena und Luis im Schlepptau betrat Svenja ein ziemlich kleines Wohnzimmer mit einer Miniküche. In einer Ecke stand sogar ein laufender Fernseher. Daher die Stimmen. In dem Zimmer befand sich zudem eine Couch. Und die hatten die beiden Reporter in letzter Zeit des Öfteren gesehen.

Auf der Couch lagen zwei und schliefen. Keiner von beiden war allerdings Patrick Schaaf. Von dem fehlte jede Spur.

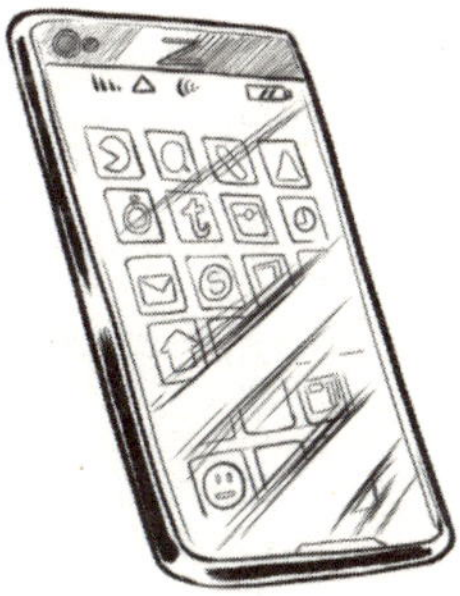

11

Svenja schrie wie am Spieß, und die zwei Gestalten auf dem Sofa schreckten hoch. Das waren doch ...!?

„Ben, Robin?! Ihr?!“

Luis hatte die beiden sofort erkannt. Sie waren auch in der Oberstufe vom Gymnasium Hippenbach. Ben war absoluter Computernerd. Der konnte, wenn's sein musste, via Internet die Bank von England ausrauben. Locker.

„DU hast mein Smartphone gehackt!“ Luis rief es halb verärgert, halb bewundernd. Und Robin war neulich bei der Schulmeisterschaft im Fußball derbe gefoult worden, erinnerte sich Luis. Seitdem zog er das rechte Bein leicht nach. Das war die Bewegung, die ihm so bekannt vorgekommen war.

Ben wurde allmählich munter. „Wie, wo ist Patrick? Auf dem Klo wohl. Oder draußen?“

Dann realisierte er, dass Lena und Luis im Raum standen. „Was machen DIE hier?“, fragte er, und seine Stimme bekam einen gefährlichen Unterton.

„Ist doch egal jetzt!“ Svenja war deutlich in Panik. Sie schüttelte Ben und Robin an der Schulter.

„WO IST PATRICK?! Ist der getürmt, weil ihr eingepennt seid?“

„Er hat vorhin noch Chips gegessen.“ Kleinlaut deutete Robin auf eine zusammengeknüllte Tüte, die auf dem Tisch lag. „Wir haben noch 'ne Runde auf 'm Handy gedaddelt und einen Film geschaut. Und dann ...“

Ben und Robin blickten schuldbewusst drein.

„Und dann seid ihr eingeschlafen, oder was? Unfassbar!“ Svenja klang jetzt fast hysterisch. Sie rannte hektisch durch den Raum und guckte in jede noch so winzige Nische. Danach ins Minibadezimmer. Nichts. Patrick Schaaf war einfach nicht mehr da.

Mit einer unauffälligen Kopfbewegung lotste Lena Luis aus dem Raum nach draußen.

Beide suchten den Garten ab, den kleinen Geräteschuppen, der da auch noch stand, sie schauten über den Zaun auf das Grundstück des Nachbarn – und fahndeten sogar nach versteckten Kellerzugängen.

„Luis, Schaaf ist wirklich verschwunden. Wir müssen ihn allmählich finden. Und Humpi anrufen", wisperte Lena ihrem Kollegen schließlich zu.

„Schon dabei." In knappen Sätzen klärte Luis den Exkommissar über die Ereignisse der vergangenen Stunden auf. Luis machte sich auf ein ziemliches Donnerwetter gefasst. Aber Horst Humpert blieb cool. Erst mal gab es offenbar keinen Ärger, dass Lena und Luis ihn nicht gleich ins Boot geholt hatten.

„Gebt mir mal die Adresse. Die Polizei kommt dort gleich hin. Die werden viele Fragen haben. Und die Jugendlichen haben wirklich keine Ahnung, wo er sein könnte?", wollte Humpert noch wissen.

„Nein!", gab Luis zurück. „Die haben geschlafen, haben überhaupt nichts gemerkt. Da hätte 'ne Bombe explodieren können."

„Okay. Ihr wartet da auf mich. Bin gleich bei euch."

Luis legte auf und weihte Lena schnell ein. Nervös taperte sie im Garten auf und ab. Mehrfach wählte sie eine Nummer, hörte aber jedes Mal lediglich, wie der Anrufbeantworter ansprang. Lena hielt die Warterei nicht aus.

„Ich flitz mal eben los. Muss was checken."

Beunruhigt schaute Luis seiner Freundin hinterher, deren Fahrrad schon losrollte, noch bevor sie überhaupt drauf saß.

„Wo willst du denn jetzt hin? Humpi hat gesagt, wir sollen hier warten!" Luis wusste, dass seine Worte im Nichts verhallen würden.

„Ich habe aber nicht mit ihm gesprochen, hab das also auch nicht gehört. Wenn er kommt, sag halt, ich wär auf Klo oder so."

Weg war sie. Luis stöhnte. Hunger bekam er jetzt auch noch. Gar. Nicht. Gut. Das alles. Er würde den längsten Toilettengang aller Zeiten vorgaukeln müssen. Wo in drei Teufels Namen fuhr dieses Mädchen jetzt wieder hin?

Luis ging zurück in das Häuschen, um sicherzustellen, dass die drei Entführer nicht auch noch abhauten.

Wie eine Besessene strampelte Lena unterdessen zum Haus von Patrick Schaaf. Gut zehn Minuten würde die Fahrt dauern, wenn sie weiterhin so olympiareif in die Pedale trat. Sie MUSSTE es einfach wissen. Jetzt auf der Stelle.

„Hallo!?“, rief sie schon von Weitem und wusste selber, dass das Schwachsinn war.

Am Haus angekommen schmiss Lena ihr Rad achtlos auf den Boden und klingelte an der Tür Sturm. Niemand öffnete. Klar, Patricks Freundin war wegen der Medienmeute noch ausgeflogen. Dabei war längst kein Journalist mehr zu sehen. Oder noch nicht. Sah ganz so aus, als wäre die Neuigkeit seiner Flucht noch nicht durchgesickert. Oder saß Patrick gemütlich auf dem Sofa und informierte gerade die Medien?

Sie klingelte bereits zum vierten Mal. Keine Menschenseele zu sehen.

„Na, was machst du denn hier?“

Erschrocken fuhr Lena herum. Patrick? Nein. Aber auch einer, der mit P anfing: ein Polizist!

„Oh, äh, hallo. Und was machen Sie hier?“

„Ganz schön naseweis. Wir haben zuerst gefragt“, lachte eine Beamtin, die jetzt neben ihrem Kollegen auftauchte. Lena bekam prompt ein schlechtes Gewissen. Dabei war es ja absolut in Ordnung und null verboten, bei anderen Leuten an der Haustür zu klingeln.

„Ich gieße hier die Blumen, während die Schaafs nicht da sind!“, schwindelte sie sich schnell etwas zusammen.

„Und? Klemmt's?“, fragte der Polizist und schaute interessiert.

„Und klemmt was?“, entgegnete Lena. Sie hatte keinen blassen Dunst, was der Polizist meinen könnte.

„Wieso schließt du denn nicht auf?“

Uuups. „Weil ich gar keinen Schlüssel hab“ wäre eine extrem dämliche Antwort, fiel Lena in diesem Moment auf. Mit einem unbedachten Satz hatte sie sich mal wieder ganz tief in den Schlamassel hineingeritten. Wahrscheinlich landete sie in wenigen Augenblicken ganz oben auf der Liste der Verdächtigen.

„Ich, also, ich …“, begann sie und wartete nur darauf, von zwei grimmigen Polizisten in Handschellen abgeführt zu werden.

„Du, also, du …“, machte der Beamte sie nach und grinste. „Du bist Lena Schaffrath vom berühmt-berüchtigten Detektiv-Duo *Die Sneakers* und hast gerade die Entführer von Patrick Schaaf auffliegen lassen. Dich dann allerdings mal wieder nicht an die Anweisung von Horst Humpert gehalten, im Schrebergarten auf ihn zu warten. Sondern bist schnurstracks zum Haus von Patrick Schaaf geradelt, um zu gucken, ob er schon hier ist. So in etwa?“

„So in etwa ...“, murmelte Lena und lächelte schief. Dem gab es wirklich nichts hinzuzufügen. Woher wussten die das?

„Respekt!“, meinte nun die Polizistin. „Horst Humpert hat uns informiert, nachdem Luis ihn angerufen hat. Er hatte da so 'ne Vermutung, dass du hier sein könntest. Und? Ist Patrick Schaaf zu Hause?“

Lena zuckte mit den Achseln. „Macht keiner auf.“

Die beiden Beamten klingelten erneut, umrundeten dann das Haus, inspizierten den Garten und spähten auch durch die Terrassentür ins Innere.

„Nix zu sehen!“, konstatierten sie.

„Dann lass uns mal Meldung machen. Und danach geht's zu den Verdächtigen.“ Der Mann nickte in Richtung Streifenwagen, der circa fünfzig Meter weiter weg geparkt war. Deswegen hatte Lena ihn nicht kommen hören.

„Willste mit?“, fragte die Polizistin. „Dein Fahrrad können wir hinten drin verstauen.“

Sie öffnete den riesigen Kofferraum des Kombis, und Lena nickte erleichtert. Sie war ganz schön außer Atem. Und auch wenn es auf ihr Fitnesskonto einzahlte – jetzt würde sie lieber kutschiert werden.

Am Schrebergarten wimmelte es bereits überall von Polizei. Mehrere Zivilbeamte standen um die drei Entführer herum: Svenja, Ben und Robin.

Horst Humpert saß auf dem winzigen Herd und beobachtete das bunte Treiben. Neben ihm kauerte Luis auf einer leeren Getränkekiste und sah Lena so strafend an, als habe sie seinen gesamten Bonbonvorrat in der Waschmaschine vernichtet.

„Na, kleinen Alleingang gemacht??" Humpert fragte es leicht gedehnt und sehr leise. Lena bekam Angst. Humpi konnte es auf den Tod nicht ab, wenn sie nicht das tat, was er anordnete.

„Also, Herrschaften!", rief SOKO-Chef Franz Jacobi in den Raum. „Ihr kommt jetzt alle mal schön mit aufs Revier. Es gibt einiges zu klären. Patrick Schaaf ist spurlos verschwunden. Diesmal wirklich!"

Das menschliche Gewimmel löste sich auf. Irgendjemand brachte die erneut schluchzende Svenja zu einem Polizeiwagen. Ben und Robin folgten ihr sichtlich zerknirscht.

„Was sollte denn das mit dem Abhauen vorhin?“, wisperte Luis Lena zu.

„Ich wollte nur wissen, ob er vielleicht wohlbehalten zu Hause sitzt“, flüsterte Lena zurück. „Aber er war nicht da.“

Jacobi zog Lena, Luis und Horst Humpert zur Seite.

„Die Sachlage ist unübersichtlich. Die Presse hat noch nichts mitbekommen. Das ist gut. Und das soll auch so bleiben.“

Alle drei nickten ernst. Niemals wäre Lena auf die Idee gekommen, gleich ein Interview mit Patrick Schaaf zu machen. Fünf Minuten hätte sie schon gewartet. Oder zehn.

„Wir bleiben bei der Version, dass der Handballspieler Schaaf sich in einem Hospital aufhält“, verfiel Oberermittler Jacobi in feinstes Beamtendeutsch. „Und zwar so lange, bis wir den Verschwundenen finden – oder er von selbst wieder auftaucht. Bis dahin setzen wir voll auf die Aussagen der drei Verdächtigen.“

Humpert machte ein nachdenkliches Gesicht.

„Was glauben Sie denn, wo er ist?“, fragte Lena. Der Beamte schwieg. Er hatte vermutlich keinen blassen Schimmer. Der Fall hier war komplett dubios. Handballer entkommt seinen Entführern, um daraufhin zu verschwinden.

Ohne auch nur eine Spur zu hinterlassen. Bis auf die leere Chipstüte.

Mit einem Ruck stand Horst Humpert von seinem Stuhl auf. „Wir müssen das unbedingt alles noch mal durchgehen. Ich fahre jetzt nach Hause und rufe aus dem Auto eure Eltern an, dass ihr zwei mit den Rädern zu mir kommt. Und ich meine: jetzt gleich. Ohne Umweg. Zu mir!“

12

Aus den Augen, aus dem Sinn. Manchmal war die Medienlandschaft echt übel, fand Luis.

„Patrick Schaaf ist noch immer weg – und wir sollen jetzt ganz spontan heute Nachmittag vor Ort über seinen Ersatzmann berichten.“ Luis drückte das Telefonat weg, das er gerade mit der *Klaro!*-Redaktion geführt hatte. Bei den Ermittlungen waren sie ins Stocken geraten, ein weiteres Video von Schaaf nicht aufgetaucht. Wohl oder übel mussten sie wieder zur Tagesordnung übergehen und sich auf den nächsten Bericht konzentrieren.

„Wer war das gleich noch?“ Lena hatte angestrengt mit einem Ohr ganz dicht an Luis’ Handy gehangen, aber doch nur die Hälfte mitgehört.

„Pascal Holz. Kleines Zwei-Minuten-Portrait.“

Lena lief grübelnd durch ihr Zimmer und stolperte dabei über einen Berg Sneakers.

„Na ja, für die ist Schaaf immer noch in dieser Klinik und damit erst mal gestorben. Also, als Thema. Dann mal nix wie zurück nach Frankreich."

Sie schnappte sich zwei bunte Turnschuhe und musterte sie. Immerhin links und rechts. Lena streifte die Sneakers über und warf ein paar Klamotten in ihren Rucksack.

„Ist schon cool, unser Job. Ein Tag schulfrei!"

Luis verabschiedete sich, um seine Sachen zusammenzupacken. Ein weiterer Anruf genügte, um Horst Humpert startklar zu machen, den besten Chauffeur zwischen Hippenbach und Metz.

„Gerade noch rechtzeitig. Die Pressekonferenz vor dem Spiel geht gleich los. Die will ich unbedingt mitnehmen."

Luis sprach schon wie ein echter Kameramann. Er zog seine Ausrüstung aus dem Laderaum und stürmte zum Presseeingang. Lena war ihm dicht auf den Fersen.

„Ich gehe kurz rüber in das Bistro da. Gönne mir mal einen Café au lait à emporter, also zum Mitnehmen. Komme dann nach. Wenn die Herrschaften erlauben."

Horst Humpert deutete auf eine Art Café auf der gegenüberliegenden Straßenseite. Es war voll gewesen auf der Autobahn nach Metz; er brauchte jetzt einen Wachmacher. Außerdem kannte Humpert den Medienzirkus dank Lena und Luis inzwischen aus dem Effeff. So eine PK haute ihn da nicht mehr sonderlich vom Hocker.

„Ist okay, Humpi. Wir haben aber keine Ahnung, wie lange das dauert", rief Lena ihm zu.

„Macht ja nix. Auf mich wartet niemand. Weder Ruhm noch Lottogewinn. Wenn was is' – ihr wisst ja, wie ihr mich erreicht."

Humpert klopfte auf seine Jackentasche, in der sein Handy in einer Schutzhülle steckte.

Lena bekam die Tür kaum auf, als sie den Raum betreten wollte, in dem die Pressekonferenz gleich stattfand. So dicht gedrängt standen die Journalisten. War eben kein Termin vom TuS Kleckersdorf, sondern von der Handball-Nationalmannschaft.

„Luis! Wo steckst du?" Lena drängte sich auf Bauchnabelhöhe der anderen Leute durch das Gewimmel. Sie hatte noch aufs Klo gemusst; Luis war leicht genervt schon vorgegangen. Schließlich entdeckte sie ihn auf dem Podium mit den vielen Kameras. Konnte der zaubern? Wie hatte er es nur so schnell dorthin geschafft? Sogar seine Ausrüstung war schon aufgebaut.

„'tschuldigung. Sorry, äh, pardon!" Lena wühlte sich weiter Richtung Podium vor und blickte dabei auf den Boden, um ja niemandem auf den Fuß zu treten. Dabei stolperte sie über etwas. Also, gedanklich.

Hä? Das waren doch ...?, überlegte sie, kam aber nicht weiter, weil sie von rechts jemand schubste.

„Komm schnell her!" Luis winkte Lena heran. Wie eine Ölsardine stand sie nun eingequetscht zwischen der Wand und Luis' Rücken.

„Willkommen zur Pressekonferenz vor dem letzten Vorrundenspiel der Deutschen. Es geht um den Einzug ins Achtelfinale. Wir begrüßen den Bundestrainer und Pascal Holz. Ihre Fragen, bitte!"

Der Pressesprecher des DHB wirkte sehr routiniert und machte keine großen Worte. Eh klar, dass die

Medienmeute Spieler und Trainer sofort mit Fragen bombardieren würde.

Zunächst ging es darum, wie aufgeregt Holz sei, angesichts der bevorstehenden Aufgabe. Und ob der Bundestrainer Taktik und Aufstellung noch weiter verändern werde. Dann meldete sich ein Mann mit schulterlangen Haaren und einem Käppi zu Wort.

„Herr Holz, sind Sie aktuell eigentlich völlig fit?"

Kurze Verwirrung machte sich auf Holz' Gesicht breit. *Gute Frage,* dachte sich auch Luis. Schließlich wurde er beim letzten Spiel nach einem Foul ausgewechselt. Der Spieler Holz beriet sich kurz mit dem Pressesprecher und antwortete dann.

„Ja, sicher. Wir geben alle alles, um ins Achtelfinale zu kommen. Das ist das Einzige, was derzeit zählt."

Immer dasselbe, dachte Lena. Einstudierte, nichtssagende Sätze. Inzwischen hatte sie gelernt, dass den Medien gegenüber oft nur rumgelabert wurde, um ja nicht zu viel zu verraten.

Sie hoffte, dass Pascal Holz auf ihre Fragen ein bisschen persönlicher antworten würde, damit der Beitrag für *Klaro!* nicht so trocken und langweilig wirkte. Aber Lena kam nicht dazu. Der langhaarige Journalist hakte nach.

„Wirklich? Keine Sorge, dass ihre Bänder reißen könnten? Oder Schlimmeres? Weil sie längst überlastet sind?"

Ein Raunen ging durch die Menge. Ein paar Reporter runzelten die Stirn. Der Typ war ja ganz schön hartnäckig.

Pascal Holz rieb seine Nase und fixierte erst den Trainer, dann den DHB-Pressemann.

„Nun ja, wir sind hier schließlich bei einer WM. Da gibt man alles. Und Verletzungsrisiken wie Bänderriss oder Ermüdungsbruch gibt's immer", wagte Holz sich etwas vor. Die Gefahr einer Attacke von Journalisten war ständig gegeben. Und eine Negativ-Geschichte während der WM konnte niemand gebrauchen.

Der Käppi-Mann wandte sich an den Bundestrainer: „Wie sehen Sie das denn?"

Nicht schlecht, dachte sich Lena. Der Typ traute sich echt was. Ließ keinen anderen zu Wort kommen und kümmerte sich nur um dieses eine Thema. Als gäbe es nichts anderes zu besprechen als Verletzungen. Lena schaute sich den Mann genauer an. War sie dem vorhin nicht beinahe auf den Fuß getrampelt? Als sie sich zum Kamerapodest durchdrängeln musste?! Komischer Kauz, mit diesem langen beigen Mantel und der riesigen Brille ...

„Ich bin gleich wieder da!", flüsterte sie Luis ins Ohr und glitt vom Podium. Der verdrehte die Augen.

Gleich wieder da. Das hatte Lena auch das letzte Mal im Schrebergarten von Svenja Lürssens Oma gesagt. Aus dem „gleich" war dann eine Dreiviertelstunde geworden. Noch ausstehender Ärger mit Humpi inklusive. Aber wenn sie sich was in den Kopf gesetzt hatte, war es schwierig, sie davon abzubringen. Luis beispielsweise fand es total bescheuert, dass sie sich jetzt erneut durch die Menge kämpfte. Aber er konzentrierte sich lieber wieder auf seine Arbeit. Denn der langhaarige Journalist ließ nicht locker.

„Herr Holz, ich weiß

zufällig, dass die Ärzte Ihnen einen Bänderriss oder Ermüdungsbruch garantieren, wenn Sie die WM spielen. Wegen Überbelastung durch Liga, Pokal, Europacup, Testspiele und so weiter. Stimmt doch, oder?!"

Im Raum wurde es jetzt richtig unruhig. Pascal Holz war zur Salzsäule erstarrt. Der Bundestrainer griff sich das Mikrofon.

„Keine Ahnung, wer Sie sind – aber dem deutschen Handball tun Sie damit jetzt gerade keinen Gefallen." Er seufzte. „Sei's drum: Ja, es stimmt. Pascal Holz ist tatsächlich vor ernsthaften Verletzungen gewarnt worden. Aber es gibt einfach keine Alternativen. Und deshalb hat sich Pascal bereit erklärt, das Risiko einzugehen und trotzdem aufzulaufen", erklärte der Bundestrainer achselzuckend.

Im Presseraum brach die Hölle los. Hunderte Fragen prasselten auf Spieler, Trainer und Pressemann ein.

Lena achtete nicht auf das Chaos, sie quetschte sich mit gesenktem Kopf durch die Menschenmenge und fixierte Schuhe. Nur die Schuhe. Da war doch was gewesen. Und ob!

„Wusst ich's doch!", flüsterte Lena sich selbst zu, als sie endlich hinter dem Käppi-Reporter stand. „Der spinnt doch echt!"

Dann griff sie in ihre Hose, zog etwas heraus und ließ es mit einer raschen Bewegung in seine Manteltasche gleiten. Keinen Moment zu spät. Just in diesem Moment endete die PK, alle strömten raus oder in Richtung Pascal Holz.

„Komm schon! Pack ein! Fix!", rief Lena Luis aufgeregt zu, als sie sich gegen den Strom zu ihrem Freund vorarbeitete.

„Wieso das denn?! Ich dachte, du wolltest noch versuchen, ein eigenes Interview mit Pascal Holz zu machen?"

Luis verstand die Welt nicht mehr. Und die war noch um einiges leichter zu kapieren als die junge Dame neben ihm.

„Nicht jetzt. Wir haben was anderes vor."

Solche Ansagen liebte Luis. Bis eben noch wäre ein Interview mit Pascal Holz zu filmen das Allerallerwichtigste gewesen, was er je in seinem Leben machen würde. Hätte ihm Lena schon klargemacht. Und nun war das plötzlich total egal, weil die intergalaktische Königin von und zu Schaffrath aus welchem Grund auch immer ihre Meinung geändert hatte. Einfach so.

„Darf ich noch eben den Kram zusammenpacken?", fragte Luis mit einem genervten Unterton – aber Lena hatte längst begonnen, die Sachen in Windeseile in der Tasche zu verstauen. Jetzt wurde Luis misstrauisch.

„Lena, was ist hier los?!"

„Alles cool. Nix wie raus hier!" Mit Sack und Pack stürmte Lena vor die Halle. Dort schmiss sie alles auf den Boden.

„Und jetzt ruf mich mal an, Luis!"

„Wie, dich anrufen? Du stehst doch direkt neben mir!"

„Mann, Luis! Mach einfach. Ruf mich auf meinem Handy an!"

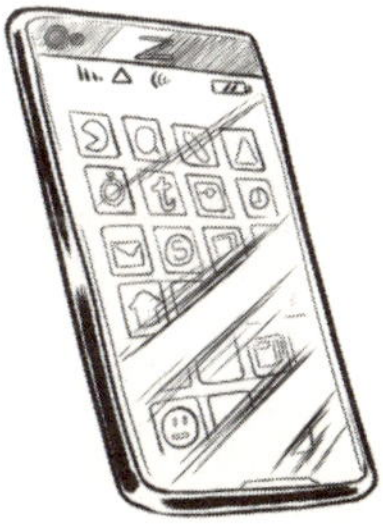

Unschlüssig stand der Junge da. Er hasste diese Soloauftritte seiner Freundin – aber er ahnte auch, dass Lena mal wieder einen Trumpf im Ärmel hatte. Widerwillig griff er nach seinem Handy und tippte auf ihre Nummer.

Ein Freizeichen ertönte. Es klingelte eine halbe Ewigkeit – aber nicht irgendwo in Lenas Hosentaschen. Ihr Handy war offensichtlich woanders.

„Da geht keiner ran", sagte Luis.

„Wetten, doch!", erwiderte Lena siegessicher.

Gerade wollte Luis „Wetten, nicht" sagen, als das Klingeln abrupt stoppte. Eine barsche Stimme meldete sich: „Wer ist da?!"

13

„Ist er dran?“, fragte Lena eifrig. „Gib schon her!“

Die beiden Kinder standen inzwischen ganz allein vor der Halle. Völlig perplex reichte Luis das Handy weiter.

„Na, Patrick, wie geht's denn so?“, eröffnete Lena keck das Gespräch.

Luis guckte exakt so, als hätten ihn die Transformers soeben zum Gummitwist eingeladen. Oder R2D2 zu einer Runde Kniffel mit Darth Vader und Chewbacca.

Hatte sie eben wirklich *Patrick* gesagt? Der Patrick, nach dem alle seit Tagen verzweifelt suchten?

„Ja, das ist mein Handy. Hab ich dir gerade bei der Pressekonferenz in die Tasche gesteckt“, fuhr sie fort. „Nicht gemerkt, ne?“

Danach lauschte Lena eine Weile ins Telefon.

Leider konnte Luis nur Wortfetzen verstehen, allerdings klang der andere ziemlich überrumpelt.

„Ich bin Lena. Luis und ich haben dich in deinem Garten interviewt, als du entführt worden bist. Wo steckst du?"

Offenbar antwortete Patrick Schaaf, wenn er es denn wirklich war, nicht sofort auf ihre Frage. Lena begann nämlich ihr weltberühmtes Augenrollen.

„Woran ich dich erkannt habe? An deinen Turnschuhen. An dem Logo mit dem Handball-Sprungwurf. Hattest du auch beim Interview in deinem Haus an."

Daran erinnerte Luis sich natürlich. Wow! Dass ihr das aufgefallen war, war echt mega. Bei all den Füßen und Schuhen, die hier bis eben noch herumgetrampelt waren.

Schaafs Sneakers hatten aber auch zu cool ausgesehen. Eine limitierte Auflage, hatte er damals erklärt.

„Die haben nur die Nationalspieler", sprach Lena Luis' Gedanken aus. „Die könnt nur ihr anhaben. Außerdem sahen deine Haare irgendwie komisch aus. Ist das 'ne Perücke?"

Jetzt hörte Luis ein Lachen durch das Handy. Wenn Lena so nassforsch lossprintete, dann konnte man entweder nur den Kopf schütteln, einen Punchingball malträtieren oder losprusten. Der entführte, spurlos verschwundene, wie durch ein Wunder wieder aufgetauchte Nationalspieler entschied sich für die letzte Variante.

„Wo bist du denn jetzt? Sag es einfach, sonst rufen wir die Polizei“, haute Lena raus. Ob sie wohl bluffte? Luis war sich nicht sicher.

Kurz darauf notierte sie etwas auf ihrem Rechercheblock.

„Ja, machen wir. Und wehe, du telefonierst mein Guthaben leer!“, ermahnte Lena den Handballstar noch mit einem Grinsen in der Stimme.

„Er ist auf einem Campingplatz, hier ganz in der Nähe.“

„Alle Achtung, Frollein Schaffrath!“, lobte Luis seine Freundin. „Klasse Job! Lass uns Humpi anrufen, der wartet doch im Café auf uns.“

„Nichts da!“ Lena winkte ab. „Der soll da mal schön sitzen bleiben. Das erledigen wir allein. Hab ich Patrick versprochen.“

Luis zögerte. Wieder ein Lena-Solo! Und diesmal sollte er mit drinhängen. Luis gab sich einen Ruck.

„Nee, Lena, das mach ich nicht. Eventuell wird's auch gefährlich. Nicht ohne Humpi."

Schicksalsergeben erwartete Luis den Protest seiner Mitdetektivin.

Aber der kam nicht. Stattdessen zog Lena ihre kleine süße Nase kraus.

„Okay, hast recht. Nicht noch mehr Ärger. Wir schicken Humpi eine SMS, dass er uns digital folgen soll. Per Handyortung. Einverstanden?"

Luis nickte. Das war ein guter Kompromiss – und für Lena geradezu sensationell. Sie tippten eine Nachricht für Horst Humpert, die nicht zu dramatisch klang.

Hi Humpi. Wir haben Patrick Schaaf gefunden und treffen ihn jetzt. Bitte lass Luis' Handy von der französischen Polizei orten, damit ihr eingreifen könnt, wenn was schiefgeht. Bitte nur, wenn wir dir einen Notruf schicken.

Lena fand das offenbar harmlos formuliert.

„Na los!", drängte sie Luis. „Nicht dass uns Schaaf wieder durch die Lappen geht."

Zehn Minuten später erreichten die Kinder einen Campingplatz, direkt an einem Fluss gelegen. Im Hintergrund war eine Brücke zu sehen, davor ein Zelt. Mit einem Liegestuhl. In dem saß ganz gemütlich und seelenruhig Patrick Schaaf. Ohne Käppi, Perücke und Brille.

„Er ist es wirklich", sagte Luis nur schnaufend. Lena und er hatten das ganze Kameraequipment mitschleppen müssen, weil sie ja keinen Schlüssel für Humpis Kofferraum besaßen.

„Jo. Ich bin's."

Patrick Schaaf grinste die beiden Kinder an. „Ihr habt's echt drauf. Respekt!" Er reichte Lena ihr Handy zurück. „Hab mal eben mit meiner Verwandtschaft in Australien telefoniert. Nicht schlimm, oder?", fragte er augenzwinkernd.

„Witzig", entgegnete Lena. „Ruf mal lieber deine Freundin an. Die macht sich bestimmt am meisten in die Hose."

„Sie weiß Bescheid", beruhigte Schaaf die beiden.

Er sah gut aus. Total entspannt. Gesunde Gesichtsfarbe. Wohlgenährt. Keine Schusswunden, stellte Lena nach einem ersten Scan fest. „Wirst du von irgendwem hier festgehalten?", erkundigte sie sich.

Patrick Schaaf blickte erstaunt. „Nee, wieso?"

„Na ja!", antwortete Luis und verstand diesmal sogar, dass

Lena beinahe explodierte. Immerhin hatten sie die vergangenen Tage mit nichts anderem verbracht als Patrick Schaaf: Snapchat-Videos analysieren, Polizeifragen beantworten, Mitschüler enttarnen, mit Humpi Rettungspläne schmieden. Und jetzt saß er hier einfach so auf einem Campingplatz in Frankreich. „Wir haben Svenja überführt und das Versteck im Schrebergarten gefunden", schob er deshalb nach.

„Das habt ihr auch rausgefunden?" Patrick Schaaf war ziemlich beeindruckt von den Ermittlungserfolgen der beiden Jungdetektive.

„Ja. Luis hat das T-Shirt von der Lürssen erkannt", berichtete Lena, sichtlich stolz auf ihren Freund. „Und dann warst du da nicht. Wir haben gedacht, du wärst noch mal entführt worden. Diesmal wirklich."

Patrick Schaaf öffnete eine große Flasche, goss den beiden etwas in zwei Plastikbecher und bediente sich dann selber.

„Das stimmt ja auch. Hab mich quasi selbst entführt", erläuterte der Handballer. „Bin untergetaucht!"

Luis trank den Becher in einem Zug leer. Lecker. Orangina.

„Aber wieso denn?", wollte Lena jetzt endlich wissen. „So mitten während der WM!?"

Patrick nahm ebenfalls einen langen Schluck, was Lena gleich wieder halb auf die Palme brachte. Geduld war nicht ihre Stärke und würde es auch bis zur Rente nicht mehr werden. Selbst wenn sie dafür mindestens ein paar Sneakers hergegeben hätte.

„Die Entführung war total merkwürdig. Erst hatte ich natürlich Angst, aber nur kurz. Die drei haben mich ja sofort richtig nett behandelt. Ich hatte alles in dieser kleinen Hütte. Fernseher. Essen. Spiele. Die Idee, dass sie mich schützen wollten, fand ich ein wenig, nun ja, krass. Hab sie sogar etwas belächelt dafür."

Lena und Luis stellten sich vor, wie der riesige Schaaf in dem kleinen Schrebergartenhäuschen gesessen hatte, überwältigt von drei Schülern. Dann hatten sie ihm gesteckt, dass sie befürchteten, er könne sich verletzen bei den ständigen Einsätzen.

„Nach ein, zwei Tagen aber fand ich, dass sie recht hatten. Ich habe gemerkt, wie hundemüde ich bin. Wie kaputt vom vielen Handballspielen. Wann hatte ich eigentlich zum letzten Mal so richtig Urlaub?"

Patrick Schaaf fragte mehr sich selbst. Lena zuckte mit den Achseln. Woher sollte sie das auch wissen. Ihr war nur

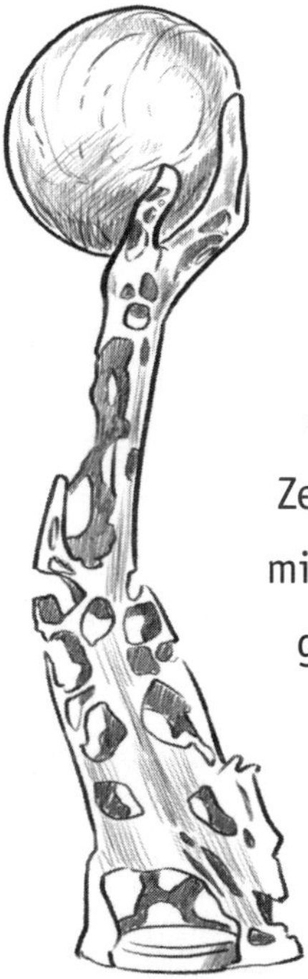

klar, dass Handballer im Grunde rund um die Uhr zwischen Umkleidekabine, Spielfeld, Arzt, Werbeterminen und Bett pendelten.

„Das hier …“, fuhr Patrick Schaaf fort und deutete auf den Campingplatz, auf die anderen Zelte, auf den Fluss, „… das ist Erholung pur für mich. Zelt und Campingausrüstung habe ich gleich gekauft, als ich den dreien entkommen war. Das Portemonnaie hatten sie mir glücklicherweise nicht abgenommen.“

„Und wieso bist du vorhin bei der PK aufgetaucht?“, hakte Luis nach. Schaaf seufzte.

„Ich wollte die Medienleute endlich mal darauf stoßen, wie enorm unsere Belastung eigentlich ist. Pascal Holz wird sich fast sicher verletzen, wenn er spielt. Meint ihr, mich hat noch jemand erkannt?“

Lena schaute ihn an. „Bestimmt nicht. Obwohl deine Verkleidung 'ne Katastrophe war. Aber die Journalisten da haben ja nichts um sich herum mitbekommen. Nur nach vorne gestarrt.“

„Ich wollte zeigen, dass die Verletzungsgefahr echt groß ist. Sieht man ja an meinem Ersatzmann. Ich wollte auch ihn schützen." Schaaf schüttelte resigniert den Kopf. „Genau wie Svenja, Ben und Robin es bei mir wollten."

„Haben sie dir ihre Namen verraten?" Lena wunderte sich.

„Ja, klar."

„Superprofessionelle Entführer", lästerte Lena. Luis interessierte etwas ganz anderes.

„Wie geht es denn jetzt weiter? Morgen ist das alles entscheidende Spiel!"

Patrick Schaaf rekelte sich genüsslich im Liegestuhl.

„Ohne mich! Mir gefällt's hier. Ich ruh mich noch 'ne Runde aus. Vielleicht kommt Angie noch nach."

Er griff in eine Papiertüte und zog ein knuspriges Baguette hervor.

„Wollt ihr auch was?", bot er den Kindern an.

„Keinen Hunger jetzt", antworteten beide unisono. Als Schaaf mit einem krachenden Geräusch genießerisch in sein Baguette biss, lief Luis allerdings heftig das Wasser im Mund zusammen. Nirgendwo auf der Welt waren die Baguettes und Croissants so lecker wie in Frankreich. Fand er.

Lena war mit der Frage beschäftigt, wie sie Schaaf doch noch dazu bringen konnte, bei der WM aufzulaufen. Einfühlsam und sensibel am besten.

„Du willst dich hier also dick und rund futtern, während sich zu Hause und in der Mannschaft alle sorgen?", fragte sie dann. Lena-like halt. „Außerdem ist die Polizei am Rotieren."

„Hab ich zugenommen?", fragte Schaaf ungläubig. Er ignorierte die Sache mit der Polizei und blickte zweifelnd an sich runter.

„Keine Ahnung. Wenn ich an die leeren Chipstüten im Schrebergartenhäuschen denke, dann bestimmt", gab Lena zurück. „Damit schaffst du nie im Leben sechzig Minuten!"

Luis grinste. Er wusste natürlich, was Lena vorhatte. Funktionierte bei ehrgeizigen Leuten immer. Sie triezen. Behaupten, sie würden etwas nicht schaffen. Das machte sie meistens fuchsig, weil sie unbedingt beweisen wollten, dass sie natürlich, selbstredend, doch alles schafften. Bäume ausreißen, King Kong auf dem kleinen Finger balancieren oder den schiefen Turm von Pisa umpusten.

„Quark, klar pack ich das!", stieg Schaaf auch prompt ein. Sollte Lenas Falle so fix zuschnappen?

„Aber die brauchen mich doch gar nicht. Außerdem ist es hier wirklich schön!" Er pflückte einen Grashalm. Lena stöhnte.

„Grashalme kannst du hier immer noch zählen, wenn die WM durch ist. Und ihr möglichweise 'ne Medaille habt. Und jetzt hoch mit dem Allerwertesten!“

Luis' Handy klingelte. Humpi. Luis war fast froh.

„Alles klar bei euch?“, fragte der Exkommissar ruhig. „Wir haben euch auf dem Schirm.“

„Alles prima“, beruhigte Luis. „Wir sitzen hier mit unserem echt guten Fang, um mal in der Handballersprache zu bleiben ...“

„Wie lange braucht ihr noch? Wir stehen um die Ecke und warten.“ Humpert ließ sich nicht abwimmeln.

Luis nagte an seiner Unterlippe. Er wollte Lena gern noch etwas Zeit verschaffen. Um den Rückraum-Rentner mit der härtesten Keule Deutschlands zum Rücktritt vom vorübergehenden Rücktritt zu bewegen.

„Aber wie soll ich das erklären? Ich kann da ja nicht einfach so auftauchen, als wär nix gewesen!“

Allmählich, so schien es, war Patrick Schaaf sein ganzer Auftritt nun doch etwas unangenehm.

„Das lass mal unsere Sorge sein.“ Lena strahlte eine große Selbstsicherheit aus. „Wir lassen uns schon was einfallen!

14

Der DHB-Pressesprecher hatte tiefe Sorgenfalten auf der Stirn. Und auch ein paar Schweißtropfen, wenn Lena sich nicht täuschte. Er stand vor dem Mikrofon des Livereporters, der kurz vor Anpfiff dieses entscheidenden letzten Vorrundenspiels noch ein Interview machte. Die Halle in Metz war bis unter das Dach gefüllt.

„Ist es noch lauter als gegen Frankreich?", brüllte Lena Luis ins Ohr.

Der zuckte mit den Schultern. „Schon möglich. Sehr viele deutsche Zuschauer hier. Kein Wunder. Sie müssen ja auch gewinnen!"

Nur ein Sieg würde die deutsche Nationalmannschaft ins Achtelfinale befördern. Das wussten auch die Fans. Sie hissten Banner und Flaggen und sangen bereits jetzt so laut, dass die Stimmbänder danach getrost auf einen vierwöchigen Erholungsurlaub gehen konnten.

„Habt ihr irgendwas zu essen da?" Lena blickte Humpi flehentlich an und tastete dabei Luis' Hosentasche ab.

„Nein, hab ich nicht. Was hast du denn jetzt auf einmal so einen Hunger?"

Normalerweise war Luis derjenige, der sich auf alles stürzte, was mit Schoko- anfing und mit -chips aufhörte. Seit sie den Fitnesstracker trugen, hatte er sich enorm zurückgehalten. Das war, ehrlich gestanden, schlimmer als einen Monat ohne Fernsehen.

„Sie ist nervös, lass sie!", sprach Humpi Luis ins Ohr.

Er kramte ein Kaugummi aus der Tasche und reichte es Lena. Dankbar nahm sie es entgegen, vergaß jedoch völlig, den Streifen auszuwickeln, und knetete ihn in ihrer Hand.

„Es wird sehr schwierig", sagte der Pressemann gerade auf Englisch. „Wir haben keinen Linkshänder mehr. Rückraum rechts ist also nicht besetzt."

Er erklärte, dass eine mögliche Verletzung von Pascal Holz doch ein zu großes Risiko darstelle. Daher würde Holz vorerst auf der Bank sitzen, vermutlich gar nicht zum Einsatz kommen.

„Ouhhhhhhhhhh!“ Ein Stöhnen ging durch den deutschen Fanblock. Die Vorzeichen standen wirklich nicht gut. Der Haupt-Rückraumtorschütze wie vom Erdboden verschluckt, der Ersatz schwächelte. Eine bittere Pille. Lena grinste. Lange würden die Fans nicht so verzweifeln müssen.

„Komm, wir müssen los!“ Luis erhob sich von seinem Sitz und richtete den Blick nach oben. Dorthin, wo die Pressekabinen und die Technikräume untergebracht waren. Unten versprach der DHB-Sprecher gerade, das Team werde alles geben, um dem Gegner Paroli zu bieten. Luis hob seine Hand und streckte einen Daumen hoch.

Danach nahmen Lena und er den Fahrstuhl ins Erdgeschoss zum Spielertunnel. Dort also, wo die Handballer nachher einlaufen würden.

Hoffentlich erinnerte sich der Hallentechniker Olivier an alles. Fünf Minuten sollte er nach dem Handzeichen warten, hatte Luis ihm eingeschärft.

„Was sollen wir machen? Ich kann mir ja keinen Rückraum-Rechten schnitzen“, sagte der Pressemann achselzuckend.

„Vielleicht doch!“, dröhnte es plötzlich laut durch die ganze Halle. Auf dem XXL-Videowürfel, der unter dem Hallendach angebracht war, wechselte das Bild.

Dem DHB-Sprecher entgleisten die Gesichtszüge. Er sah aus, als würde ihm gerade seine längst verstorbene Urgroßmutter erscheinen.

„Waaaaaas ...?!“, formte er mit den Lippen. Nach und nach realisierten auch die deutschen Fans, wer dort auf dem Videowürfel übergroß erschienen war.

„Ey, wie krass ist das denn?!“, rief einer, der seiner Freundin gerade noch schwarz-rot-goldene Striche ins Gesicht malte. Dabei rutschte er von ihrer Wange ab, der Stift verschwand im Mund des Mädchens.

„Patrick Schaaf?!“ Ungläubiges Raunen ging durch den deutschen Block. Alle starrten nach oben.

„Tja, äh, Bonjour. Hallo, Leute, Fans, salut Frankreich!“, begann der Mann, von dem alle dachten, er würde mit Burnout in einer Klinik liegen.

Luis taxierte zufrieden das Bild auf dem Würfel. Als sie

die Videobotschaft am Tag zuvor aufgenommen hatten, hatte er auf dem Campingplatz alles perfekt eingerichtet. Im Hintergrund waren die Mosel und die „Pont des Morts" von Metz zu sehen, die Brücke der Toten.

„Ein passendes Symbol", hatte Lena philosophiert. „Weil du ja quasi von den Toten auferstanden bist."

Mit Händen und Füßen hatten sie und Luis danach den französischen Hallentechniker Olivier davon überzeugt, auf Handzeichen dieses Video abzuspielen. Ehrlicherweise musste man sagen, dass vermutlich Humpi derjenige war, der den autoritären Ausschlag gegeben hatte. Er hatte den jungen Techniker immens beeindruckt mit seinem lange abgelaufenen Polizeiausweis.

„Es tut mir leid, dass ich für so viel Aufregung gesorgt habe", erklärte Schaaf gerade auf dem Würfel. „Es war alles sehr chaotisch in den letzten Tagen. Die Sache mit dem Burn-out stimmt natürlich so nicht."

Die deutschen Fans hingen an Patrick Schaafs Lippen und sogen jedes seiner Worte begierig auf. Immerhin erzählte er gerade brühwarm, was tatsächlich vorgefallen war. Die französischen Fans verstanden zwar kein Wort, spürten aber, dass es gerade angesagt war, mal ruhig zu sein.

„Läuft!", sagte Luis zufrieden.

Ja. Lena konnte kaum fassen, dass ihr Interview mit Patrick Schaaf auf diesem riesigen Videowürfel lief. Und damit auch in Millionen von Wohnzimmern in Deutschland. Denn dorthin wurde die Botschaft natürlich live übertragen.

Die Sneakers hatten mal wieder einen echten Coup gelandet. Schaaf gefunden, zur Rede gestellt, vom Comeback überzeugt und an den einzigen Ort gebracht, an dem er aktuell wirklich gebraucht wurde.

„Waaas? Entführt?" Kurz brauste es in der Halle auf, als Schaaf davon berichtete, was in seinem Garten passiert war.

Die näheren Einzelheiten spielten in diesem Moment keine Rolle. Die Polizei hatte ihre Genehmigung für das Interview gegeben, allerdings darum gebeten, wegen der laufenden Ermittlungen die Verdächtigen nicht preiszugeben.

„Und dann hatte ich echt die Nase voll vom Handball", berichtete Schaaf jetzt. „Meine zwei kleinen Freunde, Lena und Luis von den Sneakers, haben mich dann aber schnell wieder auf Kurs gebracht."

Selbst von unten sah man, wie Lena auf dem Videowürfel errötete. Luis legte ihr kurz seine Hand auf die Wange und grinste. Sofort wurde Lena wieder rot.

„Ich bin also zurück!“, machte Patrick Schaaf eine abschließende Kampfansage direkt in die Kamera. „Ausgeruht und on fire! Achtelfinale, wir kommen!“

Das Video war zu Ende. Totenstille in der Halle. Und dann brandete plötzlich ohrenbetäubender Jubel auf.

„Schaaaaahaaaaf! Schaaaahaaaaaf!“, tönte es. Gänsehaut machte sich auf Lenas Rücken breit.

In dem Moment ging das Licht in der Arena aus. Die deutschen Nationalspieler und ihre Gegner, die Spanier, versammelten sich im Tunnel. Einer nach dem anderen wurde aufgerufen und sprintete unter frenetischem Beifall durch künstlichen Nebel aufs Feld. Dann war Patrick Schaaf an der Reihe. Als er im schwarz-weißen Nationaltrikot und bis in die Haarspitzen voll mit Adrenalin an den beiden vorbeilief, zwinkerte er ihnen zu.

„Avec le numéro sept!“, rief der Hallensprecher. „Mit der Nummer 7! Paaatriiiiiiiiiick ...“

„Schaaaaaaaaaaf!“, vollendete das Publikum.

Der Rückraum-Star der Deutschen klatschte seine Mannschaftskollegen ab. Dazu sprangen sie hoch, machten High Five oder stießen wuchtig mit ihren Oberkörpern aneinander. Heiß machen. Fürs Spiel. Ein sichtlich erleichterter Bundestrainer nahm auf der Bank Platz. Als Einzigen hatte die Polizei ihn vorab über Schaafs Rückkehr informiert, damit der Spielberichtsbogen korrekt ausgefüllt werden konnte. Sonst hätte Schaaf nicht auflaufen dürfen.

„Super hingekriegt!“ Lena fiel Luis um den Hals. Der Junge lächelte leicht verlegen. Sie hatten ja schon viel Aufregendes zusammen erlebt, aber bei diesem Fall war es richtig aufs Timing angekommen.

„Jetzt müssen sie nur noch gewinnen“, sagte Luis. Gemeinsam mit Humpi gingen die beiden Reporterkids zurück zu ihren Plätzen.

„Die Leute gucken uns alle an!“, bemerkte Lena verunsichert und wischte sich über den Mund.

„Na ja“, entgegnete Luis. „Du bist diejenige, die Patrick Schaaf zurückgebracht hat. Immerhin haben sie dich ganz groß auf dem Videowürfel gesehen.“

„Ach ja!“ Lena haute sich an die Stirn. „Hatte ich ganz

vergessen. Und du hast wieder hinter der Kamera gestanden. Das ist genauso wichtig, aber es sieht nie einer."

Das mochte Luis so an ihr. Sie war der Star des Abends, dachte aber, die Leute würden so merkwürdig gucken, weil sie vielleicht Schokoladenflecken im Gesicht hatte. Und machte sich noch Gedanken über ihn.

„Toooor!", schrie Luis etwas später und hüpfte vom Sitz hoch. Gemeinsam mit den deutschen Fans. Die Spanier blickten zur Anzeigetafel. Deutschland führte mit zwei Treffern.

„Jetzt sind es schon drei vor!", rief Luis kurz darauf begeistert. „Was für ein Gegenstoß!"

Schaaf hatte einen langen Pass auf den Linksaußen gespielt, der am 6-Meter-Kreis abgesprungen war, sich dabei um die halbe eigene Achse gedreht und den gegnerischen Torwart mit einem Heber überrumpelt hatte.

Dem deutschen Keeper hingegen gelang eine Parade nach der anderen.

„Oh, nein. Die kommen wieder ran." Luis raufte sich verzweifelt die Haare. Handball war so megaspannend.

„Wieso geht denn Schaaf jetzt raus?", regte Lena sich auf.

„Der muss sich ausruhen. Kann noch nicht über sechzig Minuten spielen", bemerkte Humpert mit Kennerblick.

Na klar. Patrick Schaaf hatte in den vergangenen Tagen nicht trainiert und sich hauptsächlich von Kartoffelchips ernährt, was niemand jemals erfahren durfte.

„Na und?", meinte Luis nur. Der deutsche Rückraum-Mitte-Mann hatte zuvor einen genialen Pass blind an den Kreis gespielt. Sein Kollege setzte sich gegen die beiden Brocken in der spanischen Abwehr durch und feuerte den Ball in die kurze Ecke. Gleichstand. Die Halle tobte.

„Ich halte das nicht aus!", stöhnte Lena zehn Minuten später. „Dreißig Sekunden noch."

„Vengaaaaaaaaaaaaa", brüllten die spanischen Fans.

Ganz allein tauchte der spanische Rechtsaußen jetzt vor Deutschlands Torwart auf. Dann sprang er so weit in den Kreis rein, dass er den Keeper fast hätte umarmen können. Und warf.

„Oh, neeeeeeeeeeein", schrie Lena und versteckte ihr Gesicht in Luis' Sweatshirt.

„Jaaaaaaaaaaaaaaa!", schallte es durch die Halle. Der deutsche Torwart hatte tatsächlich diesen unhaltbaren Ball pariert. Keine Ahnung, wie.

Damit stand es weiter unentschieden.

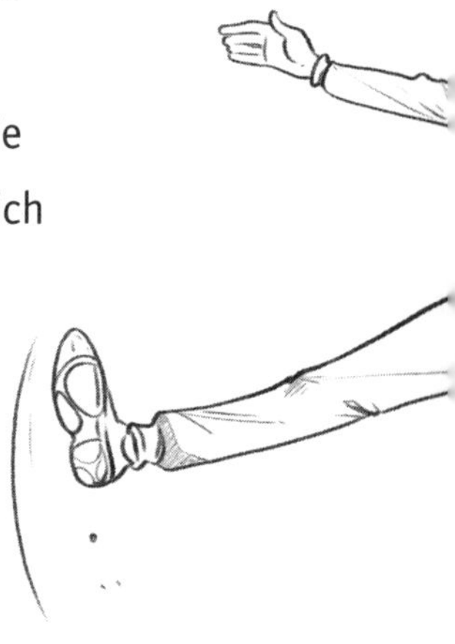

Zwanzig Sekunden noch. Auszeit für Deutschland. Unten auf dem Feld hantierte der Bundestrainer mit einer Taktiktafel und impfte seinen Jungs etwas ein. Den vermutlich letzten Spielzug dieser Partie. Wenn der gelingen würde, hieße es vermutlich: „Bonjour Achtelfinale!" Wenn nicht, müsste das deutsche Team wohl in die anstrengende Verlängerung. Zwanzig Sekunden. Im Handball war das eine Ewigkeit.

„Patrick kommt wieder rein!" Aufgeregt deutete Luis auf Schaaf.

Der deutsche Torwart warf den Ball zum Spielmacher. Noch zehn Sekunden. Ein weiteres Mal wanderte der Ball von ganz links bis nach rechts außen. „Deutschland!", skandierten die Fans in der Halle und klatschten rhythmisch. Dann ein Pass auf Patrick Schaaf.

Vier Sekunden. Jetzt galt es: Treffer, Achtelfinale und Umzug nach Paris – oder Fehlwurf und weiter bibbern.

Der Kreisläufer sperrte eine Lücke frei. Noch zwei Sekunden. Die Fans schrien aus Leibeskräften. Mit aller Macht sprang Patrick Schaaf ab.

Für einen Moment schien der Handballer förmlich in der Luft zu stehen. Und dann warf er.

Wie eine Kanonenkugel schoss der Ball auf das spanische Tor zu. Er streifte die Fingerkuppen des Torwartes und wurde dadurch leicht abgelenkt. Dann schlug er ein – links oben im Knick, direkt in der Ecke zwischen Pfosten und Latte.

Die Stimmung in der Halle explodierte.

„Jaaaaaaaaaaaaaaaaa!!! Wie geil ist das denn!!!!"

Wie die Wilden hüpften Lena, Luis und Humpi auf der Tribüne hin und her. Der gesamte deutsche Fanblock sah aus wie ein riesiger Flummi. Den Schlusspfiff hörte keiner mehr.

Und Patrick Schaaf? Der Schütze des goldenen Tores war schon wieder verschwunden. Unter einem riesigen Berg jubelnder Mitspieler.

Epilog

Blauer Overall, gelb-rotes S vorne drauf. Aber nix Superman. „Gärtnerei Stendel" prangte auf Svenja Lürssens Rücken. Auch Ben und Robin steckten in solchen Anzügen. Alle drei hockten in gebückter Haltung über einem Beet und rupften Unkraut. Genervt puhlte Svenja zwischendurch den Dreck unter ihren Fingernägeln weg.

„Zieh doch Handschuhe an!", empfahl Lena ihr altklug. Luis hielt die Luft an. Auf den Ratschlag hatte Svenja gewiss unbedingt gewartet.

„Was macht ihr denn hier?" Robin war alles andere als begeistert.

„Wir wollten mal gucken, wie es euch geht."

Lena klang jetzt freundlicher. Gemeinsam mit Luis und Horst Humpert stand sie auf dem Sandweg der Gärtnerei, zwischen Beeten und einer kleinen Lichtung mit Tannenbäumen.

„Na ja. Is' schon nicht ohne“, gab Svenja zurück und murmelte leise hinterher: „Aber wir haben es ja verdient.“

Die drei waren noch glimpflich davongekommen. 150 Sozialstunden hatte das Jugendgericht jedem der Entführer aufgebrummt. Zudem durften sie sich in den kommenden zwei Jahren nichts Gravierendes zuschulden kommen lassen. Sonst würden die zur Bewährung ausgesetzten Haftstrafen vollstreckt. Im Klartext: die drei müssten ins Gefängnis.

„Will ich mir gar nicht vorstellen“, meinte Ben jetzt, da sie noch mal darüber sprachen. „Meine Eltern sind so schon ausgerastet.“

„Und ja – wir wissen, dass wir das Patrick zu verdanken haben“, schob Svenja rasch hinterher, als sie sah, dass Lena gerade zu einer Predigt ansetzen wollte. „Hätte er nicht erzählt, wie gut wir ihn behandelt haben, dann wäre das viel schlimmer für uns ausgegangen.“

Humpert lächelte leicht. „Wie lange müsst ihr denn noch?“

„Noch neunzig Stunden, glaub ich. Hab zu Hause 'ne Strichliste", erklärte Robin.

„Und dass wir nix zahlen mussten, ist echt cool von Schaaf!", nuschelte Ben.

150.000 Euro hatte der völlig unnötige Polizeieinsatz insgesamt gekostet. Die hatte Patrick Schaaf übernommen – „weil ich's mir leisten kann und die halbe Entführung ja auf meine eigene Kappe geht", hatte er seine noble Geste begründet.

„Dafür hätten wir bis an unser Lebensende im Dreck wühlen müssen", erkannte Robin richtig.

Lena, Luis und Humpert verabschiedeten sich von den Strafarbeitern.

„Wie steht's denn eigentlich um deine Fitness?", wollte Luis wissen, als sie wieder bei Humpi hinten im Auto saßen. „Zeig mal her!"

Grinsend griff er nach ihrem Handgelenk und checkte die Daten auf dem Tracker.

„Nicht schlecht. Hast ja ordentlich aufgeholt. Die Schrittzahl ist echt gut", lobte Luis seine Kollegin.

Lena rümpfte die Nase.

„Na ja, du hast doch bestimmt mehr, oder?“ Leicht missmutig griff sie nach Luis’ Fitnesstracker. „Siehste, du hast viel mehr.“

„Macht doch nichts!“, tröstete Luis. Dann kramte er in seiner Hosentasche.

„Haste ja bei den deutschen Handballern bei der WM gesehen, dass auch die Zweitplatzierten nachher Silber um den Hals baumeln haben.“

Lena lachte laut auf.

„Ja, beim Handball, bei der Weltmeisterschaft. Aber doch nicht bei ’ner Challenge zwischen zwei so ehrgeizigen Typen wie uns.“

„Augen schließen!“ Luis lächelte. Lena tat, wie ihr geheißen, obwohl es eigentlich nicht ihr Ding war, so rumkommandiert zu werden.

Sie spürte, wie Luis hinten an ihrem Nacken rumnestelte. Horst Humpert setzte den Blinker und bog ab auf eine der großen Einkaufsstraßen von Hippenbach.

Zufrieden lehnte Luis sich im Autositz zurück. „Augen auf, Lenchen!“

Vorsichtig fasste Lena an ihren Hals. Sie spürte etwas Feingliedriges, Schmales. Eine Kette!

„Deine Medaille!“, strahlte Luis.

Blitzschnell war sie abgeschnallt und lehnte sich nun zwischen Fahrer- und Beifahrersitz weit nach vorn. In Humpis Rückspiegel begutachtete Lena, was Luis ihr umgehängt hatte.

„Lena, das geht nicht. Da kann ich mich nicht auf die Verkehrslage konzentrieren“, empörte sich Horst Humpert. „Außerdem ist das Abschnallen eines Insassen während der Fahrt absolut unzulässig.“

„Jajajajaja, schon gut!“ Zweierlei hatte sie beim Blick in den Rückspiegel erhaschen können. Erstens: eine silberne Kette, an der ein Anhänger baumelte. Ein L. Zweitens: eine knallrote Birne. Ihre.

„Was bedeutet denn das L?“, wollte Lena von Luis wissen.

„Ja, was könnte das bedeuten? Langweilig? Labertasche?“

„Lustig. Oder Listig. Oder auch Leuchte!“, gab Lena zurück.

„Lackschaden!“, brüllte Humpert plötzlich von vorn. Er machte eine wilde Lenkbewegung und hupte einen Wagen weg, der ihn beinahe gerammt hätte.

„Na ja, vielleicht fallen dir ja noch andere Worte mit L ein.“ Luis musterte Lena amüsiert. Sie sah ihn kurz an, wurde wieder rot und fasste an den Anhänger.

Ohne es zu bemerken, rollten die drei am Schaufenster eines Ladens vorbei. Kopfschüttelnd zog dort gerade eine Verkäuferin einer Puppe ein Supermankostüm über. Eine junge Kundin hatte es am Morgen zurückgebracht, gemeinsam mit zwei weiteren Comichelden-Outfits.

„Die Verkleidungen haben nichts gebracht", hatte die rothaarige Kundin den Umtausch begründet. Immerhin hatte sie sich bedankt, als sie das Geld zurückbekam. Schön, dass es noch so gut geratene Jugendliche gab ...

21

Hasselbusch, Birgit und Grothoff, Stefan:
Die Sneakers
Einer spielt falsch
ISBN 978 3 522 50547 5

Umschlag- und Innenillustrationen: Zapf
Umschlaggestaltung und -typografie:
init GmbH, Kommunikationsdesign
Innentypografie und Satz: Tanja Haaf
Reproduktion: Digitalprint GmbH, Stuttgart
Druck und Bindung: GGP Media GmbH, Pößneck

FSC
www.fsc.org
MIX
Papier aus verantwortungsvollen Quellen
FSC® C014496